禹京

山神卷

张锦江等 著

新说山海经

丛书主编 张锦江

华东师范大学出版社

·上海·

图书在版编目（CIP）数据

新说山海经.山神卷/张锦江等著.—上海：华东师范大学出版社，2020

ISBN 978-7-5675-9951-2

Ⅰ.①新… Ⅱ.①张… Ⅲ.①神话–作品集–中国–古代 Ⅳ.① I276.5

中国版本图书馆 CIP 数据核字 (2020) 第 009492 号

新说山海经（山神卷）

丛书主编	张锦江
著　　者	张锦江等
插　　画	张乐家
策划编辑	王　焰　周　颖
责任编辑	宣晓凤
特约审读	张予澍
责任校对	陈　易
装帧设计	宋学宏

出版发行	华东师范大学出版社
社　　址	上海市中山北路 3663 号　邮编　200062
网　　址	www.ecnupress.com.cn
电　　话	021-60821666　　　　行政传真　021-62572105
客服电话	021-62865537　　　　门市（邮购）电话 021-62869887
地　　址	上海市中山北路 3663 号华东师范大学校内先锋路口
网　　店	http://hdsdcbs.tmall.com

印 刷 者	上海华顿书刊印刷有限公司
开　　本	787×1092　16 开
印　　张	10.5
插　　页	2
字　　数	92 千字
版　　次	2020 年 5 月第 1 版
印　　次	2021 年 9 月第 2 次
书　　号	ISBN 978-7-5675- 9951-2
定　　价	25.00 元

出 版 人	王　焰

总序

爱琴海与黄河的神源

当希腊神话融落在爱琴海中，爱琴海就有了神秘且迷人的魅力。

那时，我坐在一艘白色的游轮上，由希腊的雅典到圣托里尼岛去。

玻璃舷窗映着五月的阳光，海水深蓝，泛着亮晶晶的波光，荡漾着碎碎的波纹。我凝视着这无垠的平静的海。

我在翻阅一本蓝色的大书，书上有一个名字：荷马。

这是古希腊伟大的盲人诗人。他为人类留下了宏伟巨著《荷马史诗》。这部希腊神话经典讲述的是由神的一只金苹果引发的一系列故事，其源头正是希腊民间神话传说。

海的波褶中浮现出智慧女神雅典娜、天后赫拉、美神阿佛洛狄忒缥缈的身影……

　　我在雅典卫城的巨石城堡中见到了帕特农神庙雅典娜塑像的原址，雅典娜不见了，只剩下空庙；我在灵都斯古镇仰望了胜利女神的断翼石、多乳女神的残胸碑；我在奥林匹克瞻仰了神中之神宙斯与天后赫拉的神庙遗迹——那些完整的与倒塌的带棱角的巨型圆柱；我还在德尔斐宗教圣地，于一块钟形的石柱前流连忘返，注视着这个被称为"世界的肚脐"的地方，聆听着音乐之神、太阳之神——美少年阿波罗那关于预言石与阿波罗神庙的传说。

　　海面上流淌着、升腾着阿波罗竖琴的乐曲声。

　　我在希腊这个神的国度里，从那些数千年的断瓦残砖、古堡、石柱、垣壁中倾听着一个又一个美丽而奇妙的神话传说，随便翻一片砖瓦，神话故事就会像一只只活灵灵的蟋蟀蹦跳出来。神话无处不在，神话无处不有。无论是牛头人身怪米诺斯，还是看一眼就让人变成石头的女妖美杜莎，又或是一歌唱就让人丢魂的人头鸟塞壬……它们都浸润在希腊人的血液中，是独属于希腊的文化财富。受其影响，古希腊悲剧产生并盛行起来，埃斯库罗斯的《被缚的普罗米修斯》，索福克勒斯的《俄狄浦斯王》、《厄勒克特拉》，欧里庇得斯的《巴克斯的信女》、《美狄亚》等名剧流传至今。苏格拉底、柏拉图、亚里士多德等人也深受希腊神话的影响。希腊神话也影响了欧洲的文明，但丁、歌德、莎士比亚、达·芬奇、拉斐尔、米开朗基罗等人受其熏陶，将欧洲文化推向辉煌。

这平静碧蓝的海呀，怎么变得混沌咆哮起来？

我想起了黄河。

那年，我漫步在郑州的黄河之滨，看见一尊由褐色花岗岩石雕琢而成的黄河母亲的塑像，那是一个温柔而丰腴的母亲，她仰卧着，腹部上趴着一个壮实的男孩，意指黄河是中华儿女的母亲河。而黄河文化的始祖——炎黄二帝的巨石半身雕像就在高耸的向阳山上。一侧的骆驼岭主峰上站立着大禹的石塑像，大禹头戴斗笠，身穿粗麻衣，右手持耒，左臂挥扬，智目慧相。基座上嵌碑刻题八字："美哉禹功，明德远矣。"

炎黄二帝、大禹都是《山海经》中的人物。《山海经》记述了炎黄二帝始创中华、大禹治理黄河定九州的故事。

这时，在我的眼前，黄河的惊天巨浪翻涌而起，一部大书被托举在高高的涛峰上。

这就是《山海经》。

　　这部成书于先秦时期的《山海经》，分《山经》、《海经》两部。《山经》又分《南山经》、《西山经》、《北山经》、《东山经》、《中山经》；《海经》又分《海外南经》、《海外西经》、《海外北经》、《海外东经》、《海内南经》、《海内西经》、《海内北经》、《海内东经》、《大荒东经》、《大荒南经》、《大荒西经》、《大荒北经》、《海内经》。全书三万一千余字。这是一部记载中国远古时代山川河岳的地理书；这是一部讲述中国远古部落战争的历史书；这是一部关于中国远古英雄的传奇书；这是一部关于中国远古列国的民俗书；这是一部关于中国远古巫术的玄幻书；这是一部关于中国远古神怪的百科书；这是一部关于中国远古草木的参考书。

　　这部极具挑战性的古书、奇书、怪书，吸引了中国历代无数的圣者、智者。太史公司马迁曾在《史记·大宛列传》中写道："至《禹本纪》、《山海经》所有怪物，余不敢言之也。"他对《山海经》的怪物不敢说，可见太史公的疑虑。东汉班固在编撰《汉书·艺文志》时，将《山海经》列为"数术略"中"形法类"之首，认为这书是用来占卜凶吉的，与巫有关。晋代郭璞嗜阴阳卜筮之术，神驰《山海经》并为其作注，成史上注释《山海经》第一人。田园诗人陶渊明熟读《山海经》，写下十三首《读〈山海经〉》诗。

北魏地理学家郦道元在其著作《水经注》中引《山海经》百余条。隋代训释《楚辞》的名家释智骞也颇得益于《山海经》。"唐宋八大家"之一的柳宗元在《行路难》中引用了夸父逐日的传说，而欧阳修则写有《读山海经图》一诗。

《山海经》也为中国志怪小说、神话小说提供了素材，《西游记》、《封神榜》、《神异经》、《搜神记》等小说都受到了它的影响。现代文学家鲁迅、茅盾、闻一多等人也很关注这部古怪的大书。鲁迅在《中国小说史略》第二篇"神话与传说"中指出，小说的渊源是神话，并首推《山海经》为其源头。又称："中国之神话与传说，今尚无集录为专书者，仅散见于古籍，而《山海经》中特多。《山海经》今所传本十八卷，记海内外山川神祇异物及祭祀所宜……与巫术合，盖古之巫书也……"鲁迅的说法与班固对《山海经》的看法几乎是一致的。鲁迅对《山海经》情有独钟，不仅肯定了《山海经》是中国文化之源、中国小说之渊，而且写下了由《山海经》中的素材引发创作想象的三篇小说，即《故事新编》中的《补天》、《奔月》、《理水》。茅盾从研究希腊神话延伸到研究中国神话，写下了《中国神话研究ABC》。这是希腊神话与中国神话的第一次神灵交会，书中第七章专门写了《山海经》中的"帝俊与羿、禹"。茅盾写道：

"宙斯是希腊的主神，因而我们也可以想象那既为日月之父的帝俊，大概也是中国神话的'主神'。"又写道："神性的羿实是希腊神话中建立十二大功的赫拉克勒斯那样的半神的英雄。"

混沌深沉的黄河呀，是中国神话原始大书《山海经》之母，也是中国文化的源头。它与蔚蓝的爱琴海相映生辉。我在爱琴海上想着黄河的千古绝唱，因此有了编创《新说山海经》的念想。

是为序。

张锦江

2016 年 4 月 22 日下午草于坤阳墨海居

概说

（山神卷）

这是《新说山海经》的第六卷。

《山海经》中有名可查的山约 1260 座，其中奇山约有 403 座，诸如无草木之山 193 座、无兽之山有 160 座、怪山 50 座。而 1260 座山，每座山都有自己的山神。这些山神形态各异：或人面兽身，如人面马身神、人面猪身十六神、人面鸟身神；或兽面人身，如羊角人身神、龙首人身神；或兽身兽首，如马身龙首神、鸟身龙首神、龙身鸟首神；或人形异相，如三足神、人面三首神、三目神；当然也有完全是人形的山神，如耕父、熊山神、骄虫神等。诸多山神虽有各自不同的神力与不同的秉性和经历，但他们都有圣洁的心灵，凭着智慧、勇气、慈爱、宽容等崇高品德保佑一方平安，他们是古国民众的护佑神，是中华民族精灵的神化形象。本卷创作中，并非写山神小传，而是选取山神身世中最精彩的片段，表现山神的神性与人性，并使山神古形象蕴含现实生活的韵味，更加符合现代读者的审美趣味。

《新说山海经·山神卷》共选取了十位山神：禺京、武罗、泰逢、不廷胡余、飞兽之神、熊山神、石夷、因因乎、肩吾、西王母。这十位山神的故事都经过精心构思，角度精妙、情节奇突、悬念不绝、扣人心弦、意蕴深远。在本卷中可见到：北海海神①禺京惩海盗（《禺京》）、青要山山神武罗护草园（《武罗》）、和山山神泰逢戏昏王（《泰逢》）、南海岛神不廷胡余与蓝豚公主的传奇（《不廷胡余》）、莱山山神飞兽之神除妖鹰（《飞兽之神》）、熊山山神熊山神熊穴惊魂（《熊山神》）、日月山神石夷断臂重生（《石夷》）、南禺山山神因因乎战风兽（《因因乎》）、昆仑山山神肩吾守九门（《肩吾》）、玉山山神西王母情交三青鸟（《西王母》）。

（注：本书中涉及的《山海经》原文引自上海古籍出版社2015年版的《山海经》）

---

① 由于上古时期山海为一体，山海之间相互转换，故本书中收入了一篇有关北海海神的故事。

目录

禹京

张锦江 文

东海之渚中，有神，

人面鸟身，珥两黄蛇，

践两黄蛇，名曰禺猇。

黄帝生禺猇，禺猇生禺京。

禺京处北海，禺猇处东海，

是惟海神。

［山海经·大荒东经］

海上出现了一艘船。航迹有些蹊跷诡异。
一位在海滩上漫步的少年早就注意到了。

少年脖子上戴着一个红色枫叶编织成的项圈，腰间系一豹皮短裙。少年很是英俊。这时，轻柔的海风把少年长长的卷发吹得向脑后飘散，露出一张黝黑油亮又帅气的圆脸。他两道浓黑的眉毛向上扬着，眼睛黑白分明，炯炯有神，宽厚的嘴唇微抿着。

少年觉得，这是一艘平头平底寻常的运货船，一艘船舷有六个桨孔的划桨民船。让他起疑的是，船起先不规则地航行，船头东晃西晃，鬼鬼祟祟，像是在窥视什么，或者说在搜索什么，之后便径直朝他驶来，而且船速很快。船的左右两舷各有三个水手划着船，船尾有一个舵手，船头有一个大汉挥着手在指挥。水手都在拼力地划着。

船"吱"的一声在海滩上搁浅了。这是北海海滩，海滩的沙粒很粗大，夹杂着五色的鹅卵石。漫过沙石的海水清澈透亮，里面长着长长的海带，使海水散发出浓浓的海腥味。少年的脚很大，他走过的地方沙面都被踩得凹陷下去，留下了一串大脚丫印痕。

六名水手在大汉的带领下从船上跃跳下来，呼天抢地地喊着："捉住他！捉住他！"随即冲到了少年面前。

少年立即意识到，这群人不是普通的水手，他们来者不善。

但少年并不惊慌，微笑着停了脚步，一动不动地站在那里。奇怪的是，七个人没有马上动手，而是把少年团团围在中间。少年嘴角露出一丝冷笑，问道："哪位是船老大？"

这时，为首的大汉向前迈了一步。他个头最高，比少年高出半截，像座山一样耸立着，说话嗓门很大。他一脸大黑胡子往上一直长到眼睛底下，往下长到胸口，大胡子被编成了许多小辫子，一部分拖在胸前，另一部分甩到了脖子后面。他瞪着一双凶残的眼睛，像魔鬼一样可怕。他说："娃子，认识我吧？我就是人见人怕的北海魔王黑胡子。"少年一拱手说："原来你就是北海魔王黑胡子，久仰，久仰！"黑胡子说："娃子，跟我走吧，用不着我动手吧？"少年说："我与你素不相识，凭什么跟你走？"黑胡子说："这娃子，说疯话呢，我让你跟我走，你就得跟我走，还认个什么理？孩儿们，上！绑了他！"黑胡子上身赤膊，下身围一草裙，另外六人有胖有瘦，有老有少，也都一样打赤膊，并不是孩子，黑胡子怎么冲他们喊"孩儿们"呢？少年一听，这是海匪黑话，他意识到自己碰上海中强盗了。少年庆幸早先的判断没有错：这是一群恶人，黑胡子是江洋大盗。少年只轻轻喝了一声："慢！"他弯下腰去，随手捡了一枚形状如海螺的鹅卵石。黑胡子叫道："娃子，你想干什么？"少年说："我不想干什么。我觉得这枚鹅卵石好看。"少年在手中抚摩玩赏了鹅卵石一番，就把它扔了。这时，赤膊佬们看见那枚鹅卵石居然在海滩上爬了起来——这不是鹅卵石，而是一只真正的活海螺。赤膊佬们惊异得面面相觑，一时没了语言，也不嚷嚷了，都觉得这娃子有魔力。还是黑胡子厉害，一脚把那只海螺踢飞了，又喊起来："看什么看！小带鱼，泥鳅，动手！"两个瘦家伙醒悟过来，遵命上去扭住了少年的两条胳膊，然后想把他往船上拖。可是拖不动，太重。这少年看上去也不过百十来斤重，怎么这般沉？黑胡子又喊："蛤蟆，癞瓜，上！"又上来两个胖家伙，少年的两条胳膊各有一胖一瘦的两个家伙拽住，但他们还是拉不动。还剩下两个老头儿，黑胡子用手推了他们一把："老蛇，老鳖，你们来！"两个老头儿往手心吐了一口唾沫，喊一声："来了！"他们弯腰钻到少年肚皮底下试图把他抬起来，但少年还是纹丝不动。老蛇、老鳖都叫起来："骨头也弄痛了！"最后，黑胡子来了，嘴里骂道："真没用！看我把你这娃子背起来！"黑胡子果然力大无穷，一下子就把少年背到了背上。不过，黑胡子也觉得这少年体重惊人，便如虎吼般叫道："这娃子重到犹如一座山压在我身上。"少年在他背上说："你背负的不是一座山，而是整个北海！"胖瘦老少的赤膊佬们觉得少年的话有点儿不对劲，打了一个寒战。

黑胡子背着少年到了船的一侧，用力一甩就把少年甩上了船，少年的身子被甩下去时好像一阵风那么轻，他毫发无损，笑嘻嘻地躺在船板上。刚才还重得像座山呢，黑胡子不解。

水手们也都回到船上。船离开了海滩，开始行驶了。

黑胡子怕少年跳海跑了，在捆绑少年时费了一番周折：黑胡子先是叫小带鱼、泥鳅用藤草绳捆住少年的手脚，结果捆来捆去捆不住，眼看着已将他的手与脚捆得结结实实，谁知一眨眼的工夫，藤草绳就烂断了，像被一群蚂蚁咬过一样，变成了粉末。要知道，这藤草绳结实得十个人也拉不断。吓得小带鱼、泥鳅目瞪口呆，小带鱼用颤抖的声音问少年："娃子，你是妖还是鬼？或者是神吧？"少年说："你们看看我的样子，是妖是鬼还是神？我像吗？"小带鱼摇头说："不像。"泥鳅说："娃子，你怎么会这么多法术？让人猜不透。"少年说："我哪里有法术？你们看花眼了。" 小带鱼说："不过，你这娃子性子这么好，我们这么对付你，你一点儿都不发怒，也一点儿都不怕。"少年说："你们人多，我只一个人，怒也好，怕也好，往哪里逃？只能忍着。"泥鳅说："我不同你娃子说了，我要禀告黑胡子，绳子烂了绑不了。"

不一会儿，泥鳅带着黑胡子来了。黑胡子手里拎着一副青铜手铐和一副青铜脚镣，他把这两件东西往船板上一掼说："这是锁天庭重犯用的，铐锁上了神仙也逃不了。"黑胡子自吹自擂这两件牢狱用具的来历。黑胡子说："这是黄帝战胜蚩尤后，捆锁蚩尤用的手铐、脚镣。蚩尤被处死后，黄帝就把手铐、脚镣送给了我。我一直藏着，还没开过荤呢，今天就给这娃子开开荤。"小带鱼与泥鳅从来没有听黑胡子讲过这件事，今天听闻此事，都觉得他与黄帝有过瓜葛，非神也是仙了。他俩对黑胡子投去惊慕的目光。不过，少年随即纠正了黑胡子的说法。少年说："我倒听说过，黄帝在黎山将蚩尤处死后，蚩尤身上的手铐、脚镣就被丢弃在那里，后来变成了一棵枫树。"少年的话让小带鱼与泥鳅心里咯噔了一下，他们心里嘀咕着："这娃子连天上的事情都知道呢。"也都对黑胡子的话疑惑起来。哪知，黑胡子恼羞成怒："胡说！"少年辩驳道："是我胡说，还是你胡说，你心里清楚。"黑胡子怒不可遏地说："不与你这娃子啰唆，给他铐上！"于是，小带鱼与泥鳅遵命给少年铐上手铐，戴上脚镣。果然，这青铜的东西没有断掉。黑胡子放心地去船舱里睡觉了。船舱其实是一个小木棚，在船的尾部，里面只能容纳黑胡子一人躺下。晚上，除了黑胡子有特别的睡舱外，其余的人都只能露宿在舱前的船板上。应该说，这船上还有一个人没有交代，那就是在船尾掌舵的老蟹，他也是一个小老头儿，与老蛇、老鳖在船上号称"三老"。

老蟹还算稳重，待小带鱼与泥鳅坐上划桨位子后——船舷的六个桨孔里各插着一把桨，他们各执一桨与另四人一起划起了船——他与少年攀谈起来。

老蟹此前一直关注着少年的一举一动，在这老江湖眼里，少年有能使藤草绳化为粉末的法术，又能知晓天上的事情，他预感这娃子定非一般凡人，又见娃子一表人才，性子不温不火，随黑胡子摆弄，觉得这里面一定有玄机。他想，得饶人处且饶人，不能把事做绝，得给自己留条后路。老蟹眯起笑眼对少年说："娃子，让你受苦了。"少年想，这人倒还有点儿善意，便说："老伯，你就跟我说实话吧，黑胡子一帮人平白无故地抓我到船上，到底想干什么？"老蟹说："不瞒你说，娃子，黑胡子是做人肉生意的，在海上杀人越货，把民船点一把火烧了。黑胡子是无恶不作的江洋大盗，这一带的渔民、商贾一听到黑胡子来了，就会吓得魂飞魄散。我是被他抓来的，一家老小七口人都被他杀了，扔在了海里。我天天看着黑胡子这伙人作孽，却不敢阻止，只能提心吊胆熬日子。给娃子说句掏心窝的话吧，黑胡子见你年轻又好看，想抓你到前面的穿胸国换金子。这个国家的人心术不正，原先长着歪心，后来个个生疔、生疮，心都烂了，换成狼心狗肺，又都烂了，后来这心没了，胸口便留下一个大空洞。穿胸国国王专做人口买卖的生意，买进长得好看的男孩女孩，然后又高价出售换更多金子。"少年说："这种坏事也只有没有心的人才做得出来。老伯，你把这些讲给我听，你就不怕吗？"老蟹说："娃子，我知道你是好人，你一定会救我。"少年说："老伯，放心吧，我会救你。"

天色暗下来的时候，船停靠在一个小岛的岸边。

这天夜里发生了一件事。

半夜时分，小带鱼觉得有点儿冷，被冻醒了——这正是七月暑天，哪有这般寒气？他想尿尿，就去了船尾。这时，他看到了一片金光，金光里罩着一个人面鸟身人，那人面目吓人，双眉竖飞，双目上扬，阔嘴，隆鼻，耳朵上挂着两条青蛇，两鬓粗硬的头发像刺丛一般，头顶用红绸巾束一发髻，脖子上也围一三角红绸巾，上身、手臂覆满金黄色的羽毛，长着人的手，腰间扎着金黄色的豹皮，下肢是粗壮的鸟腿，长着鸟爪，踏着两条青蛇。小带鱼吓得屁滚尿流，连声喊道："妖怪，妖怪……"水手们都被他惊醒了。

月色很好，海面一片宁静，一只夜游的鸟掠过小岛。船尾的少年戴着手铐、脚镣酣睡着。船尾的金光以及金光中的人已不见踪影。多么平静的夜海呀。水手们都说小带鱼说胡话，大概是在做梦吧。随即对他一阵戏谑嘲笑。小带鱼说："我千真万确看到了一个吓人的妖怪，也许是神呢。"黑胡子睡在船舱内，鼾声如雷，舱外的吵闹声没有把他惊醒。

海与岛重新归于平静。大家又都睡去了。不过，小带鱼说的那一幕，无论真假，都在每个水手心里留下了阴影。

第二天白天，事情更奇怪了。

黑胡子的船是条极不安稳的噬血怪鱼，在海上游弋着。在太阳刚刚升起来的时候，北海的海面一片血色。很大很圆的太阳像翻滚着的火红岩浆。黑胡子一双充血的眼睛透过升腾在泛着波光的晨海上的薄薄雾霭，敏锐地看到了一条船——一条渔船。

黑胡子当然不会放掉这只猎物。

黑胡子的船饿虎扑羊般地驶了过去。

当黑胡子的船突然出现在那条渔船前时，渔船上的五六个渔民惊恐万分地喊叫起来："黑胡子！黑胡子来啦！"黑胡子站在船头，他的头上戴着一顶不燃冬草编织成的头冠，从冠顶挂下一条点燃的火绳，这细长的火绳点燃起来很慢，是用大麻绳蘸上硝石水和石灰水做成的。这样的装扮很是吓人，他的脸连同那双凶残的眼睛，还有大黑胡子，完全被火绳燃烧所产生的烟雾笼罩着，像从地狱里钻出的魔鬼。黑胡子在海上抢劫时以及作战时都是这个打扮。

渔民慌乱地丢下正在网鱼的渔具，掉转船头欲逃时，黑胡子的船已靠上了渔船。小带鱼、泥鳅正欲把缆绳甩上渔船，蛤蟆、癞瓜、老蛇、老鳖都举着石刀、石斧准备跳上渔船，黑胡子恶狠狠地攥着一把大石砍刀，唯独老蟹一人坐在舵位上。

眼看渔船难逃一劫，这时，突然刮起一阵寒风。这寒风在水手中旋转着，紧围着每个准备行凶的人的身躯，发出刺耳的尖啸声，冰凉刺骨，大暑突然变成严冬，转眼之间，黑胡子等一干人都冻僵在那里。真是怪事不断，这僵硬着身子的人，眼珠能动，看得清发生的一切。他们眼睛瞪得大大的，看清了那个少年模样的人变成了人面鸟身人，与小带鱼昨天夜里看到的情景一模一样，他周身散发着金光。水手们都吓得闭上了眼睛。黑胡子还有他的喽啰们都清楚地知道，他们碰到北海海神禺京了。北海海民们孩提时代就从父辈那里听说过，北海海神禺京的母亲是东海海神禺虢，而禺虢的父亲正是黄帝。所以，禺京讲他外公处死蚩尤后，被丢弃在黎山的手铐、脚镣变成了一棵枫树的事自然说的是真事了。至于黑胡子编排的故事，不容置疑是假话了。那么，黑胡子的青铜手铐、脚镣又来自何处呢？有一种说法是，黑胡子打劫过一条官船，官船上有一牢狱头，这手铐、脚镣就是从他手里劫来的。

渔船乘机逃走了。只见渔民们都跪在船上，向泛着金光的地方伏拜不起。

禹京只现了一会儿原身，不久，站在船尾的依旧是那个戴着手铐、脚镣的少年。

被冻僵的人也都解了冻，一个个活起来了，不过每个人的脸色都如死灰一般，黑胡子草冠上的火绳也早就熄灭了。

少年说话了："黑胡子，北海魔王！你也该收场了，给我解开手铐、脚镣！"

小带鱼、泥鳅不敢迟疑，立即给少年解了手铐、脚镣。

少年又说："黑胡子，北海魔王！你罪孽深重，为北海黎民，我早该收拾你，这次我亲眼见到你贪婪凶残至极，随心所欲涂炭生灵，可恶又可恨！此刻还有何言可说？"

黑胡子颤抖起来，大黑胡子居然掉下来露出了下巴——胡子竟然是假的。他忙说："我该死，求大神饶命！"

少年再说："在你下地狱前，让你与你的弟兄们喝顿美酒，痛快而去！"

黑胡子与一干海盗点头称是。

突然，奇迹发生了。船上流淌着葡萄酒的香气，那船舱上爬满了葡萄藤，结出了一串串亮晶晶的葡萄。舱内多出了一个装满酒的石酒坛，还有盛酒的石杯。海盗们惊得目瞪口呆，都觉得大限到了，一时间想起老蟹是唯一没有被禹京冻僵的人，都拜跪在这个稳重的舵手面前，求他帮忙向神说情，放了他们。老蟹刚想说什么，舱里跳出了一只山猫和一只山豹，龇牙咧嘴要撕咬这些海盗。吓得他们东躲西藏。

少年说："开始吧。大黑胡子没了，北海魔王还在，你先饮一杯。"

北海魔王捧起石酒坛往石杯中倒了酒，在山猫、山豹的怒吼声中一饮而尽。接着小带鱼、泥鳅、蛤蟆、癞瓜、老蛇、老鳖也照样饮了酒，到了老蟹要饮时，少年阻止了他，少年说："你是好人，就不用饮了。"第一个饮酒的北海魔王突然鼻子与嘴唇连在了一起，弯曲成了鱼嘴，其他人还没来得及叫喊，便都遭到了同样的命运：他们的身上长出了黑色的鱼鳞，脊背弯曲了起来，两臂收缩成了鳍，双脚合并成了鱼尾巴。他们一个个都变成了鱼，从船板上跳到了海里，在海里浮上浮下地游着。船上只剩下禹京和舵手老蟹了。这时，只见船尾闪过一道金光，禹京变成了人面鱼身，骑着两条金龙腾空而起。原来，北海海神禹京有两种身份、两种形象：他是北风风神时，是人面鸟身，掌管冬季，生出寒风；他是北海海神时，则是人面鱼身保佑北海生灵。

此时，禹京骑龙巡海去了。在空中，禹京说："老伯，善有善报，好好过日子去吧！"

老蟹的船随风漂走了。

故事取材

《山海经·大荒东经》

原文：东海之渚中，有神，人面鸟身，珥两黄蛇，践两黄蛇，名曰禺猇。黄帝生禺猇，禺猇生禺京。禺京处北海，禺猇处东海，是惟海神。

译文：在东海的一个岛屿上，有一个神人，长着人的面孔鸟的身子，耳朵上挂着两条黄色的蛇，脚下踏着两条黄色的蛇，名叫禺猇。黄帝生了禺猇，禺猇生了禺京。禺京住在北海，禺猇住在东海，都是海神。

禺猇（清·汪绂图本）

禺猇就是黄帝的女儿……

是住在东海一个岛屿上的神人，长着人的面孔鸟的身子，耳朵上挂着两条黄色的蛇，脚下踏着两条黄色的蛇。

《山海经·海外北经》

北方禺疆，人面鸟身，珥两青蛇，践两青蛇。

译文：北方的禺彊（即禺京），长着人的面孔鸟的身子，耳朵上挂着两条青蛇，脚下踏着两条青蛇。

禺彊（即禺京）

（明·蒋应镐图本）

北方之神禺彊（即禺京）是北海海神，也是北风风神，掌管冬季。

传说他有两种形象：当他是风神的时候，就是人面鸟身，脚踩两条青蛇，生出寒冷的风；当他是北海海神的时候，则是人面鱼身，但也有手有足，驾驭两条龙。

《山海经·大荒南经》

原文：有宋山者，有赤蛇，名曰育蛇。有木生山上，名曰枫木。枫木，蚩尤所弃其桎梏，是为枫木。

译文：有座山叫作宋山，山上有一种红颜色的蛇，名叫育蛇。山上还长着一种树木，名叫枫木。（传蚩尤被黄帝捉住后，手脚上都被戴上了枷锁镣铐。之后黄帝在黎山将蚩尤处死。）蚩尤身上的手铐脚镣被丢弃在这里，后来就变成了枫木。

武罗

张锦江 文

其祠：

泰逢、熏池、

武罗皆一牡羊副，

婴用吉玉；

其二神用一雄鸡瘗之，

糈用稌。

〔山海经·中山经〕

武罗

青要山的武罗是一位相貌怪异的山神，谁第一眼见到他都会被吓着。武罗的面孔倒是人的样子，五官也端正，牙齿特别洁白，只是上腭的牙齿外露着，每粒都显得很尖锐。他的耳垂上挂着两只金银环，左金右银，头发根根竖长，浑身有着豹纹，腰身细小，扎着一紫色的短裤裙，腰前飘两条长长的紫带，样子看上去兽性十足。

但青要山的山民们并不觉得武罗的长相可怕。对于掌管这座山的武罗，山民们是满意的、赞许的、崇敬的、顶礼膜拜的，尤其是山民中的女眷，对武罗的喜爱是由衷的、虔诚的、无以复加的。武罗的长相好坏已被忽略。

单单瞧一下每年青要山祭祀武罗山神的仪式就可知道山民们对武罗是多么热爱、多么敬仰。

九月初九是祭祀武罗山神的日子，这天，山寨的男女老少都必须到一条叫畛水的河中沐浴洁身，然后人人耳夹一朵黄色荀草花，项挂一串荀草红果，在供桌上摆上一只开膛的公羊和一块吉玉，还用一只公鸡和一只鹌鸟来献祭，其上还插一束开着黄花结满红果

武罗

青要山的武罗是一位相貌怪异的山神，谁第一眼见到他都会被吓着。武罗的面孔倒是人的样子，五官也端正，牙齿特别洁白，只是上腭的牙齿外露着，每粒都显得很尖锐。他的耳垂上挂着两只金银环，左金右银，头发根根竖长，浑身有着豹纹，腰身细小，扎着一紫色的短裤裙，腰前飘两条长长的紫带，样子看上去兽性十足。

但青要山的山民们并不觉得武罗的长相可怕。对于掌管这座山的武罗，山民们是满意的、赞许的、崇敬的、顶礼膜拜的，尤其是山民中的女眷，对武罗的喜爱是由衷的、虔诚的、无以复加的。武罗的长相好坏已被忽略。

单单瞧一下每年青要山祭祀武罗山神的仪式就可知道山民们对武罗是多么热爱、多么敬仰。

九月初九是祭祀武罗山神的日子，这天，山寨的男女老少都必须到一条叫畛水的河中沐浴洁身，然后人人耳夹一朵黄色荀草花，项挂一串荀草红果，在供桌上摆上一只开膛的公羊和一块吉玉，还用一只公鸡和一只鹌鸟来献祭，其上还插一束开着黄花结满红果

Chinese Mythology

17

的荀草。随着男女祭师的引颈而歌，山寨中的男女老少都仰着头，双臂张开，齐声唱着："武罗山神呀，尊崇的大神，你是天帝的使者，恩泽山寨生灵，惠沐山寨子孙，我等感恩戴德，感激涕零呀，武罗山神呀，尊崇的大神！"这声音在山谷中盘旋滚翻，如雷霆万钧，惊天地，泣鬼神。

这时，青要山顶金光万道，武罗山神现出真身了。山民们不再颂唱了，都伏拜在地上叩头不止。

武罗山神的真身一眨眼工夫就隐去了。瞬间山民中有人敲起了树皮鼓。按照鼓点儿的节奏，祭司领着众山民举着稻谷和火把跳起舞蹈来。这一阵狂欢要到晌午才能结束。最后的仪式是把献祭用的公鸡埋在地下，再撒上祀神用的稻米。然后，一个大汉把那供桌上的鸱鸟举在头顶上，众人尾随而去，走到畛水河边，将鸱鸟放生。紧接着山民们又高声喊叫起来。

谁都看得明白，在祭祀仪式中，有两件供品是山民们特别安排的，一是荀草，一是鸱鸟。

这荀草与鸱鸟也是武罗特别看重的心爱之物。

这青要山人杰地灵，非一般山寨。

在密林深处，有隐秘深邃的天帝的密都，也就是天帝的行宫，然而谁也不知道天帝的行踪，只知道天帝来时山寨奇香扑鼻，深夜有光。另外，这里还是大禹父亲变成黄熊的地方。如此说来，此处是大神大仙出没的地方。山野沾着神气仙气，松杉高耸入云，

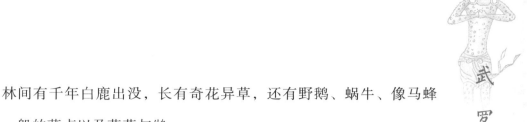

林间有千年白鹿出没，长有奇花异草，还有野鹅、蜗牛、像马蜂一般的蒲卢以及荀草与䴅。

其中最神奇的要数荀草与䴅。

这荀草，形状酷似兰草，叶中长有花茎，茎干呈方形，花茎枝头开着鹅黄色的五瓣小花。倘若喝下用此草的根、茎、叶、花瓣熬成的汤，女人的脸蛋会变得漂亮非凡。青要山的女人们自幼喝荀草汤，因此她们不论老少都非常地标致，哪怕是百岁老妪也都细皮嫩肉，美到终了。

这䴅鸟长在畛水河中，外形像野鸭，青色的身子，浅红色的眼睛和深红色的尾巴。女子若食其肉，不孕者会添子育女，能孕者会儿孙满堂。女人自然喜食其肉，以致青要山人丁兴旺。

武罗日常的心思都在这草、这鸟上。

武罗常隐其真身，幻化成紫衣少女飘荡在荀草坡上。通常是在凌晨，天色还未大亮，紫衣少女便出现了。荀草坡是一个十分开阔的地带，这里的荀草一直延伸到高高的悬岩上。夏日的时候，晨露在荀草尖长的叶片上和鹅黄的花瓣上闪着亮光，清新的淡淡香气在荀草坡上流淌着，山野里寂静无声。紫衣少女在荀草丛中飘来飘去，为荀草清除害虫，并用松枝叶蘸着绿色玉瓶中的泉水为荀草浇灌。太阳在悬岩上露脸的时候，晶莹的露珠瞬间蒸发，紫衣少女就消失了。山民中传说，有些人曾见到过紫衣少女，都说她美艳非凡；还传说，山民白天在荀草坡上见到过一只很大很

大的七彩蝴蝶，也是武罗变的。武罗的光辉始终罩着这片荀草。

畛水河上的鸺鸟，常随一个牧童模样的童子游弋着。这牧童踩在水面上悬浮不沉。牧童向东，鸺鸟群就东游；牧童向西，鸺鸟群就西游。虽然是牧童在河中牧鸟，但山民又都说，这牧童是武罗的化身。

武罗就这样看护着这草、这鸟。

但生活中总会有意外。

一天，武罗变的紫衣少女如往常一样来到了荀草坡。然而，他看到荀草叶片与花茎零乱纷杂，草丛中散落着枯萎的花朵，似乎经历了一场浩劫。武罗不禁眉头一皱，脸色一沉。在武罗的记忆里，这种情形是不曾有过的。青要山风调雨顺，无天灾兵难。山民在采摘荀草的花、叶、果时也都小心翼翼，屏住气息，不敢说话，都视这荀草为天赐仙品，不会做出有辱神灵之事。是谁胆敢如此猖狂？！

荀草的花茎上趴着一只小小的蜗牛，这是土生土长的青要山纯种蜗牛，有着褐色螺旋斑纹的壳，有四根柔软的触角，在同样软软的头下，有一条细长的舌头，舌头尖上有锋利的细牙，它就是靠细牙来刮食植物的。非常明显，荀草的劫难是蜗牛造成的，它是作案者，是罪魁祸首。

武罗捏捉住了这只蜗牛。蜗牛的触角与柔软的身体不由得往壳里缩去。他愤怒地把蜗牛摔在了脚下，踩了踩。那蜗牛的壳很脆，一下子就碎了，它柔软的身体也被踩扁了。但是，这都无济于事。

入侵荀草坡的蜗牛是千军万马，草丛的每一个间隙中都爬满了蜗牛，荀草的叶、花茎、花朵、红果上都是啃食的蜗牛，导致荀草叶片缺角，满是孔洞，花茎几乎被折断，红果上出现疤痕，花瓣落满山地。武罗痛心疾首，仰天怒吼，顿时现出真身，如山豹般龇牙咧嘴，凶相吓人。武罗的声音好似玉石在碰撞，清脆响亮，他连吼三声，顿时天色暗下来，初升的太阳被遮盖了，有一片黑压压的乌云飘了过来，渐行渐近，到了武罗的头顶，然后，扑腾腾的鸟儿从天而降。

这是成百上千只鸫鸟。与此同时，武罗又变成了牧童。小牧童头顶双髻，披发垂肩，戴着玄色玉珠项圈，身穿青衣短袖衫裙，赤着双足。只见他撮起嘴唇向鸫鸟发出"嘟嘟"两声，鸫鸟群就听话地扑向了蜗牛。这是一顿豪餐，不消片刻，荀草的叶片、花茎、花朵、红果上的蜗牛就被鸫鸟吞食干净了。

小牧童又一挥手，鸫鸟们就呼啦啦地飞走了。

荀草经历的这场浩劫是惨重的，几乎每株草都受到了不同程度的伤害。此刻，武罗又恢复了紫衣少女的打扮。他变得妩媚温柔起来，用纤细的小手轻轻抚摩着受伤的荀草，荀草颤动了一下，叶片、花茎、红果微微地摇晃起来。奇异的事情发生了：被咬啃得凹陷的红果、有孔洞的叶片、残断的花茎，须臾间又都完整无缺地恢复了原来的样子。一阵轻风吹过，荀草响起了"沙沙"的响声，荀草坡又生机勃勃了。

这场灾情是一只迷路的蜗牛带来的。蜗牛生长的巢穴与荀草坡相距甚远，单凭蜗牛的爬行要半年以上才能到达，因此，在青要山的历史上，从未发生过蜗牛入侵苟草坡的事。而偏偏这只蜗牛迷失了方向，在爬行半年之后到达了苟草坡，发现了这么可口的食物，一顿饱餐，之后又用它的腹足缓慢行走，留下了一条黏液闪光带。又半年后，蜗牛回到巢穴，在那里拉了一摊绿屎，引来成百上千只蜗牛逐闻绿屎。绿屎虽不甚新鲜，但气味还是诱人的，就这样，蜗牛队伍沿着迷途蜗牛留下的黏液闪光带，用触角嗅着气味准确无误地到达了苟草坡。蜗牛们在狼吞虎咽时，却遭到了灭顶之灾，因贪食而丧生，再也回不去了。也因此青要山的蜗牛差点儿绝种灭族。

常言道，祸不单行，第二天凌晨又发生了一件怪事。武罗化身的紫衣少女为眼前的景象犯了愁：苟草坡的每株苟草都被一种弯弯草缠绕着，这草没有叶片，草茎上长满了毛茸茸的刺，草茎顶有一喇叭状的黄花。武罗觉得，弯弯草会把苟草缠死的。他用手拉开弯弯草，手指被刺得又痛又痒，而且手一松那弯弯草又缠上了苟草，像活的小蛇一般。武罗想，真是奇怪的草呀，苟草这般柔嫩，怎能经得起这般死缠，不除掉它不行！武罗当即决定还是让鸱鸟来，把弯弯草除了。武罗性子很急，一急又现了原身，凶形毕露，如山豹般昂头吼了三声。他的喊声很灵验，那群鸱鸟又都出现了。武罗也随即变成牧童的形象。牧童武罗嘴里发出"嘟嘟"两声，鸱鸟便一哄而上，张嘴啄食弯弯草。鸱鸟从弯弯草的根部啄起，一啄根就断了，再三扯两扯的，一株弯弯草就躺在地上了，那断了的弯弯草像断了身躯的蚯蚓般扭动着。武罗觉得很奇怪。

奇怪的事情还有：鸺鸟刚停下啄食，那断了根的弯弯草就又长了出来。鸺鸟不依不饶，继续埋头啄草根，根断了，再长，长了，再啄，没完没了。武罗觉得此草蹊跷，细瞧，发现那被啄断的根部冒着水，再看，这水是透明、晶莹的，不像是寻常草流出的汁液。那是眼泪！弯弯草会流眼泪。武罗随即又发出"嘟嘟"两声，鸺鸟停止了啄食。武罗手一挥，鸺鸟"呼呼"地飞走了。

这时武罗现出了真身，对弯弯草说："你是仙，还是妖？快快现身吧。"

弯弯草断根的地方继续冒出新草来，与此同时，喷出一团雾气，雾中滚出一个童子，伏地而拜，口内诺诺有词："大神恕罪，小仙是绕凤草，与荀草仙子三百年前同洞所生，洞主是百草大仙。洞主预言，荀草近日有难，派小仙前来护卫。"

那荀草也升起一团雾气，雾中跳出一个童女来，同样伏地而拜，口称："多亏大神日夜悉心照料，小仙荀草才得以安生。刚才绕凤草所言极是，万望大仙明察。"

武罗明白了眼前的一切，原来荀草与绕凤草都是有来历的仙草。

武罗又问绕凤草："荀草将有何难？"

绕凤草说："天机不可泄露，两日之内必有事。"

武罗不再追问。

两日之后，果然，蒲卢蜂铺天盖地地飞来，成群结队地扑向荀草坡。这蒲卢蜂有毒刺一根，插进草木之茎，草木立即枯死，不能复生。武罗见状，知此蜂群来袭，背后定有高人施术，他须静观情势。

荀草坡上淡雅的荀花香味中夹带着绕凤草花浓烈甜蜜的气味，蒲卢蜂的攻击被绕凤草的毛刺挡了回去，转而被绕凤草花蜜的香气诱惑了，涌向了绕凤草喇叭状的黄花中。蒲卢蜂进得来但却出不去，因为绕凤草的花粉十分黏稠，一旦粘上就飞不走了。只见蒲卢蜂越来越稀少，最后一只也没剩下。武罗心中不禁为绕凤草叫好。

蜂群被灭之后，一眨眼间绕凤草就消失得无影无踪了。

荀草坡又恢复如初。清凉的山风拂过，荀草是那般摇曳多姿。

就在武罗庆幸荀草坡片草无损地平安逃过一劫时，忽起一阵阴风，风停之后，有一臀部肥大、白胖的妇人摇摇摆摆地走到他的面前。

妇人不容分说劈头盖脸地手指武罗的鼻子叫了起来："你就是恶神武罗吧！"

武罗说："在下并非恶神！"

妇人说："你看看你的面孔，青面獠牙，龇牙咧嘴，一脸凶相，能是什么好货色！"

武罗说："大娘，不可以貌取人、出口伤人。在下从不行恶！"

妇人说："武罗，你还不行恶？嘴硬呢，你灭了山中的生灵蜗牛和蒲卢蜂。世上的生灵都是天帝所赐，你让青要山生灵断子

绝孙，你可知罪孽？你还有何话可说？"

武罗说："大娘错怪在下了，蜗牛吞食荀草，残毁青要山仙草，我岂能坐视不管？蒲卢蜂毒灭仙草，自食其果，罪有应得呀！"

妇人说："不与你这凶神争辩了！蜗牛与蒲卢蜂都是本洞主的宝物，被你毁了，你要赔我。"

武罗说："我拿什么赔你？蜗牛被鸺鸟吃了，蒲卢蜂钻进绕凤草的花里去了。我赔不了，敢问大娘何方神灵？"

妇人说："我乃千年白鹅精，不赔的话，休怪我动手了！"

武罗一听，这场荀草祸事的幕后主使原来是白鹅精，便双手一拱说："原来是白鹅大仙，得罪了！得罪了！"

这妇人不再言语，摇身一变，变成了一只巨大的白鹅。这是一只比一头牛还要大两倍的白鹅，它的脖子伸得很长很长，只见它用长长的扁嘴这么一扫，半个荀草坡就被吃得精精光光。

武罗怒从心头起，忍无可忍，取下了他耳垂上的金环、银环，这是万不得已才用的雷霆万钧之物。武罗将金环与银环相互撞击了一下，霎时电光闪耀，劈雷炸响，随后狂风大作，天昏地暗。一阵地动山摇之后，那只白鹅就粉身碎骨，化成了粉末飘散而去。这个千年白鹅老妖精就这么死了。

一切安息下来之后，武罗再看看荀草坡，那里已经惨不忍睹，被白鹅精啃掉的一大片荀草已寸草不见，露出了黑黄的山土，未被白鹅精伤及的荀草也被狂风刮得东倒西歪。武罗痛心至极，一头栽在了光秃秃的山地上，伏地大哭起来，哭得昏天暗地。武罗的泪水泉涌而出，把山土都润湿了。神奇的事情发生了：秃地上陡然冒出了一株一株荀草，而且见风就长，瞬间就长出了一片新的荀草，倒塌的荀草也都挺拔笔直了。武罗停止了大哭，抹掉了脸上的泪水、鼻涕，又突然滚在地上大笑起来。武罗转悲为喜，连荀草仙子们也"咯咯"地偷笑起来。荀草丛里听到的都是窃窃的笑声。武罗害羞地悄悄飞走了。

后来，因为鹉鸟吃了绕凤草，变成了一对一对的鸳鸯。鸳鸯生下了许多蛋，从此，青要山的女人不再食鹉鸟，而只食鸳鸯蛋了。

故
事取
材

《山海经·中山经》

原文：又东十里，曰青要之山，实维帝之密都。北望河曲，
是多驾鸟。南望墠渚，禹父之所化，是多仆累、蒲卢。魁武罗司之，
其状人面而豹文，小要而白齿，而穿耳以鐻，其鸣如鸣玉。是
山也，宜女子。畛水出焉，而北流注于河。其中有鸟焉，名曰鴢，
其状如凫，青身而朱目，赤尾，食之宜子。有草焉，其状如葌
而方茎，黄华赤实，其本如藁本，名曰荀草，服之美人色。

译文：再往东十里是青要山，也是天帝的密都。向北可望
黄河拐弯处，那里多野鹅。向南可望墠渚，那里是大禹的父亲
鲧变化为黄熊的地方，有很多蜗牛、蒲卢。山神武罗掌管这里，
他长有人面，浑身长着豹子斑纹，腰身细小，牙齿洁白，耳朵
上还穿着金银环，声音像玉石在碰撞。此山适宜女子居住。畛
水发源于此，向北注入黄河。水中有种禽鸟，叫作鴢，其外形
像野鸭，青色身子，长着浅红色眼睛和深红色尾巴，吃了它的
肉能使人子孙兴旺。山中有种草，形状像兰草，有着方形的茎干，
开黄花，结红果，根像藁本，叫作荀草，服用它能使人气色红润。

武罗（清·蒋应镐图本）

　　武罗是掌管天帝的密都青要山的一位山神，他长有人面，浑身长着豹子斑纹，腰身细小，牙齿洁白，耳朵上还挂着金银环，声音像玉石在碰撞。

《山海经·中山经》

　　原文：其祠：泰逢、熏池、武罗皆一牡羊副，婴用吉玉；其二神用一雄鸡瘗之，糈用稌。

　　译文：祭祀诸山山神：泰逢、熏池、武罗三位山神，用一只开膛的公羊和一块吉玉来祭拜；其余两座山的山神是用一只公鸡献祭后埋入地下，再撒上祀神用的稻米。

泰逢

张锦江 文

一臂国在其北，

一臂一目一鼻孔。

有黄马，虎文，

一目而一手。

[海外西经]

泰逢为孔甲的愚蠢恶行而勃然大怒。

泰逢是和山的山神，孔甲是和山的国王。

泰逢一怒就会狂风大作，电闪雷鸣。

这天，孔甲带着三五个随从正在和山的密林中狩猎。孔甲的坐骑是一匹枣红马。和风丽日，天高云淡，正是狩猎的好日子。孔甲长得俊秀、潇洒，一头披肩长发，凤眼亮目，穿着一身豹甲、豹裙，策马飞驰，举一弯雕龙藤弓，射出一支支绣龙头竹箭，追逐着野猪、野兔、野鹿。年轻气盛的他，这会儿正兴致勃勃，如旋风一般，紧紧追逐着一只白狐。白狐全身长着银雪似的绒毛，头颅精巧，腿足纤细，奔跑起来轻盈得像一团闪亮的白焰，飘飘忽忽，踪迹难以捉摸。孔甲追到一株老槐树下，这株树高百丈之上，树的主干五六人合围不过来，树皮已龟裂，枯竭的部分正在剥落，露出光滑的树干，那里有一个很大很大的空洞，而高处的枝头上却有一束束嫩嫩的绿叶。这绿叶如盖似的，显出老树的生机。这是一株千年老槐。

白狐跳进洞中不见了。

此时，天气陡然骤变，狂风大作，电闪雷鸣。为了躲避雷电与狂风，孔甲也带着随从爬进了树洞。树洞并不深，有半截人高，脚一下子就能探到底，踩到的地方也都坚如硬石。可是谁能料到，众人刚进洞内，便听得一声炸雷，孔甲的随从一个一个倒了下来——他们遭到了雷击。洞中有了一股烧焦的气味。单单孔甲毫发无损，他摸摸躺着的随从，手指在他们鼻孔处探了探，好像没了气息，这使他惊吓不已。孔甲惊魂未定，欲爬出洞去，一想，此时到何处能得安生？还不如留在洞内听天由命，待雷停风止后再说。

那匹枣红马是好马，留在洞外守候着自己的主人。它并不惧雷电狂风。

孔甲全然没察觉到这泰逢作法的怒火是冲着他来的，以为这只是平常的天气变化而已。

在黑暗之中，孔甲并不胆怯，他毕竟是一山之王，又有百步穿杨之箭术，手持弓箭为他壮胆不少。突然，他的眼前闪过一道光焰，那不是闪电，而是那只白狐。失踪在黑洞内的白狐，又重新现身，这让他惊喜不已，甚至忘记了自己身陷困境。在光焰的地方，还有一个洞口。孔甲对神灵格外感兴趣，他觉得这只白狐非神即仙。他向白狐走去，白狐若隐若现，他紧跟而去。洞口较狭，须低首而入。一进洞口，孔甲眼前一亮，但见洞内十分敞亮，有一座美玉宫，分外眼熟，再看，原来是孔甲自己所居的王宫。这和山有五重山脉相连，只有一处绝岩峰有古老密林，余下的山野中不生花草树木，但有九条河水绕山流过，汇合后向北注入黄河。有水必生玉，这满山遍野都是瑶玉、碧玉，水中又有苍玉。孔甲就在一处临水向阳的山坡上建了一座美玉宫。此刻，美玉宫怎么出现在这老槐树树洞之中呢？奇怪呀！

孔甲的美玉宫很是特别，墙体上嵌着用白色的瑶玉和绿色的碧玉雕成的兰花，有四条用青绿色的苍玉雕成的龙在墙体的四角盘旋而上，四龙的龙首高昂在宫顶之上，长长的龙须缭绕盘旋，栩栩如生，似真龙一般。

白狐进了美玉宫。

孔甲也跟了进去。

宫内的装饰也以龙的形象为主。墙壁四周的玉壁画雕的是龙，王的御座是玉龙椅，宫内二十根玉柱盘着龙，用品器具上雕着龙，连王妃的玉镜、梳妆台上都有活灵活现的龙饰。

孔甲喜龙，孔甲爱龙，孔甲嗜龙如命。他做的梦也与龙相关，他非常希望哪一天自己能有条真龙。

泰逢深有所感：这山王该是龙痴了。每年祭祀山神，孔甲都号召山民们以龙为主题设计祭典。祭祀那日，山民们必须人人制作一款龙灯，准确地说，是一种龙形的火把，手柄是一根长长的圆棍，圆棍的顶端镶嵌着一条雕龙，雕龙的背上是浸透了桐油的白茅草，点燃之后像一条腾飞的火龙。山民们对龙很是崇敬，又因山王的指示，他们往往提前三四个月便开始制作龙灯了。雕龙的形状也是千奇百怪，有张牙舞爪的龙，有静卧闭目的龙，还有长翅的飞龙……这些精致绝顶的龙，尽显了山民对龙的赤诚之心。为了不使雕龙被火烧毁，山民们都用绝岩峰密林中的不燃梨木制作火把。祭祀的最高潮就是舞龙了，山民们排成连绵不绝的好几里长的队伍，举着龙灯挥舞起来。山野中火光闪烁，再加上树皮鼓声和欢呼的人声，五重山岳、九条河流都轰轰隆隆的。这时，山神泰逢出现了。他的四周白光夺目，祭祀的人们都无法正视他，谁也说不清泰逢山神长什么模样。祭祀结束后，孔甲挑选若干好的龙灯收藏起来，用玉石砌一屋陈列其中，称为龙屋。

孔甲好龙，这让泰逢多次感叹。

此刻，孔甲无心赏玩突然出现在面前的美玉宫，也无暇回顾往日祭祀时的舞龙盛景。

他目不转睛地追寻着那只白狐。

白狐将他引到这里究竟何意呢？

白狐就在眼前不远处。此时，出现了两个人。

令他诧异万分的是，这两个人中一个是与他一模一样的孔甲，一个是泰逢。孔甲想起，他第一次见到泰逢真身时的情形。泰逢形象怪异得让他马上想到了鬼怪：只见泰逢头顶光亮，两束桃状的头发分拨两边，遮盖住了耳朵。他有一张圆脸，眉目倒还清秀、慈祥。上身着一束袖青色长衫，胸上扎牛皮夹围，往下是皮质腰扎，再下面是粉红裙摆，还有一条长长的老虎花斑尾巴，赤着一双脚。

当时的孔甲突然见到这般怪物，惊异万分，便问："你是妖还是怪？"泰逢说："我像妖还是像怪？"

孔甲说："既像妖又像怪。"

泰逢说："我想，你就是孔甲王吧？"

孔甲说："正是。如果你是妖或是怪，是否想把我吃了？"

泰逢说："孔甲王，我不会吃你。我想问你，你每年祭祀的是妖还是怪？"

孔甲说："既不祭祀妖，也不祭祀怪，祭祀的是山神泰逢。"

泰逢哈哈一笑："本神正是泰逢。"孔甲一听面前站着的居然是山神泰逢，随即扑地便拜，口内念叨："小王有眼不识泰山，大神恕罪。"

泰逢手一摆："孔甲王起来，起来，本神不是来治你罪的，而是给你送礼来的。"孔甲心想："我何德何能，山神上门给我送礼？"

泰逢将孔甲扶起，说："念你好龙成性，本神去天界面见天帝，向天帝禀报你的好龙德性，求天帝赏天龙两条，一雄一雌，雄龙叫天，雌龙叫地。明天凌晨天降二龙在美玉宫前，你派人守候，待二龙降至，用玉池好生豢养。我走了。"孔甲大喜，又捣蒜般伏地磕头不止。泰逢化作一道白光走了。

这一幕的重现，使孔甲忧心忡忡，他已意识到自己将会陷入一个从未有过的绝境，脸色黯淡下来。然而，另一个孔甲还伏在地上没有起来。他走上前去，下意识地用手碰了一下另一个孔甲的头，发觉手碰到的地方什么感觉也没有——那人是个幻影。再摸，那人消失了。他又摸摸宫壁，也是空气一样，什么也没有摸着。白狐说话了——白狐能说人话，这又是件奇怪的事。白狐说："那是人心的幻影。大凡人做过什么事，心的幻影就印刻在心的深处，永远不会再消失。你做过的事只有你自己清楚，不管是好事还是坏事，都会在心里留着的。跟着我，继续往前看吧。"

白狐轻盈地跳了一下。

孔甲扭头的瞬间，那座美玉宫不见了。

随即，他见到的是一个很考究的玉池。玉池用瑶玉、碧玉雕成了荷花状，绿叶托着白色的荷花，像真的一般。玉池里装满了水，养着两条龙。

有一个人跪在玉池旁"嘤嘤"地哭泣着。

孔甲一看，那不是被他杀了的为他养龙的刘累吗？

"刘累已死，怎么又现身？定是鬼魂再现。"孔甲心想，于是慌忙走开。

白狐说："走不得！"

孔甲的双腿就如灌铅一般走不动了。

只听刘累低声哭着说："龙呀，我本是一个厨子，弄一桌饭、炒两个菜可以，哪会养龙呀？我哄孔甲王说我祖上跟豢龙氏董父学过养龙术，孔甲王还赐了我一个官名'御龙氏'。其实，这都是编的故事。我哪知龙爱吃什么，只是在为孔甲王做菜时多做两份，孔甲王爱吃什么，就给龙吃什么。王吃的饭菜该是好的吧，每顿不是狍子肉，就是大王蛇肉，哪晓得把龙喂死了。龙呀，我怎办呀？！不是我厨子狠心呀，死龙的肉只能剁成肉酱给孔甲王吃了。"

孔甲知道，死了的这条龙是名叫"地"的雌龙。孔甲并不知这厨子刘累会编故事骗自己，而且吃了他做的龙肉丸，自己一点儿也没察觉出来。平心而论，那龙肉丸的鲜美会让人丢魂的。他虽年轻，但也几乎吃遍了和山所有的山珍野味，连几十里之外的騩山猪状的飞鱼他也吃过。据说，吃了这种鱼的肉，就能使人不怕打雷，而且还可避免兵刃之灾。想想刚才入洞前遇见的电闪雷鸣，他确实没有畏惧的感觉，那么兵刃之灾能免吗？

他想起了吃龙肉丸的情景。

厨子端了一只玉碗进来，甜糯糯地说："王呀，看我为你做了一碗什么神仙丸汤呢？"

孔甲说："什么神仙丸汤？"

厨子说："王呀，你别问，你先吃。不好吃的话，王呀，你就惩罚我。"

孔甲捧过玉碗喝了一口汤，呷呷嘴："这汤好鲜。"

厨子说："王呀，吃吃肉丸。"

孔甲用玉匙盛了一只丸子咬了一口，舔了舔嘴唇，连声赞道："这肉丸鲜嫩柔滑，真的，这种味道我这辈子还没有吃过。"说完便一股脑儿地把一碗丸子吃完了。

厨子说："王呀，这神仙丸吃下去，不成神仙，也是半神半仙。"

孔甲说："哪有这等事？"

厨子说："王呀，不瞒王说，王吃了龙肉。"

孔甲大惊，说："你怎不早说？"

"王呀，这龙被我养死了，怕你怪罪我，杀了我。我想，不如把死龙的肉剁成肉酱做成丸子给王吃，补补身子。"厨子跪下来哀求道，"我有罪，要杀要剐随便王处治吧……"

孔甲说："龙肉是我吃了，我不杀你。但是还有一条龙，要养好。"

孔甲凝神不动，往事历历在目。

白狐说："不知故者，不为过。再往前走。"

白狐往前一闪。

刚才的一幕又不见了。

孔甲随白狐走过一条狭长的弯道，来到一个小花园中。他定睛一看，这不是他的玉园吗？怎么到了这里？这玉园何等豪华，每株树、每株花都是用瑶玉、碧玉、苍玉精雕细刻而来的，闪闪烁烁，玉光夺目。孔甲常独自在玉园之中玩赏散步。

孔甲怎么也没有想到，他与厨子在玉园中的一次密谈，现在全暴露在光天化日之下。

只听玉园中的另一个孔甲说："刘累，另一条龙养得怎样了？"

厨子说："回王话，雌龙死了，这雄龙好像也有了病，多日不吃不喝，我也不知道该怎么办，请王示下。"

孔甲沉吟片刻说："刘累，不行的话把它也杀了吧。"

厨子说："王呀，我不敢，活龙岂能杀呀，这是大逆不道的啊。"

孔甲牙一咬说："刘累，你知道吗？上回那条死龙你瞒着我让我吃了，你害了我，你知罪吗？"

厨子跪在地上说："知罪，知罪，罪该万死，谢王不杀之恩。不过，我并无害王之心。"

孔甲说："刘累呀，你想过没有，我自吃过龙肉丸后，一想起龙肉丸就要掉口水，龙肉丸把我的魂都给勾了去，你不是害我吗？"

厨子把头磕得"咚咚"响以表忠心："我只想让王补身子，没有二心。不能冤枉我呀！"

孔甲说："刘累，这条雄龙思念雌龙，早晚要死，不如趁它没有死先杀了，新鲜的龙肉丸子一定味道更鲜美。去吧，杀了它。"

厨子说："王呀，饶了我吧，求求王！"

孔甲说："马上去办，不然我杀了你！"厨子吓得连滚带爬地溜走了。

此刻，孔甲见私密已泄，早已无地自容，脸色青一块白一块，垂首而立。

白狐说："要想人不知，除非己莫为。你这是自作自受，自走绝途！再往下看吧！"

玉园瞬间消失得无影无踪，先前的养龙玉池又显现出来。

只见池旁团团围着三百武士，这是孔甲命刘累杀龙的第二天。谁知，当天刘累离开玉园之后，就连夜逃往河南鲁山，半途被孔甲派人杀了。孔甲第二天一早就派武士前去捉龙屠宰。一武士拔出龙池木塞，池水"哗哗"地流逝，不一会儿就流干了。三百武士争先恐后地跳入龙池捉龙。天龙虽拒食数日，瘦骨嶙峋，眼窝凹陷，尾鳍塌伏，但龙毕竟是天庭灵物，神通广大。只听龙吼叫一声，龙头高昂，双目圆瞪，龙须根根竖起，怒张大口，露出两根锋利的长牙，伸出四爪尖甲，翻身一摇，三百武士全被卷压在其身下，死于非命。顿时，天昏地暗，大雨滂沱，龙腾云而去。雨越下越大，电闪雷鸣三日方息，五重山岳中的九河泛滥，淹没民舍无数，山民被洪水围困，露宿山岩，怨声载道。

眼前一片悲惨景象。孔甲已面如土色，双目失神，惊恐万分。

白狐说："人逃不脱色食二性。你是人中的贪婪大恶，因好食而殃及黎民，吃了地龙还想吃天龙，你是食胆包天呀！"

池龙已经不在，雷电依旧不息。

突然，一声炸雷响起，白狐在地上一滚，万道白光陡然把洞中照得如同白日。白光中闪出一神，正是泰逢。

孔甲酥软如泥，瘫倒在地上，眼泪鼻涕都流了出来，呻吟求饶："大神饶命，大神饶命……孔甲一时糊涂，做了天理不容的大逆不道之事，求求大神放条生路吧。"

泰逢说："孔甲，你就听听那些昧着良心在人世作恶的人在地狱中的声音吧！"

突然，四周响起了凄厉的哭喊声、痛苦万状的号叫声，听起来让人毛骨悚然，不寒而栗。

孔甲早已吓得灵魂出窍，魂飞魄散。

　　泰逢说："欠债总是要还的，为恶者总是要受到严惩的。"

　　泰逢说完，幻化成一道金光飘走了。

　　孔甲惊魂未定，匍匐着往洞口爬去。待他爬出洞口，洞外风停雨止，阳光灿烂，他的随从都守候在洞口，原来他们并未被雷击毙，只是被击晕了而已。他们见到孔甲王气喘吁吁地爬回来，赶紧把他扶上枣红马。马没走几里，孔甲王就断了气。

故事取材

《山海经·中山经》

原文：又东二十里，曰和山。其上无草木而多瑶、碧，实惟河之九都。是山也五曲，九水出焉，合而北流注于河，其中多苍玉。吉神泰逢司之，其状如人而虎尾，是好居于萯山之阳，出入有光。泰逢神动天地气也。

译文：再往东二十里，是和山。山上没有花草树木，多瑶、碧一类的美玉。这座山回旋了五重，共有九条河水从这里发源，汇合后向北注入黄河，水中多苍玉。吉神泰逢主管这座山，他的样子像人，长着一条老虎的尾巴。泰逢喜欢住在萯山的阳面，每次出入时都会发光，还能兴风布雨。

泰逢（明·蒋应镐图本）

传说晋平公在浍水曾遇见过泰逢，狸身而虎尾，晋平公还以为他是个怪物。遇到过泰逢的还有一位夏朝的昏君孔甲。相传，一次孔甲在打猎时，泰逢出现，运用法力刮起了一阵狂风，顿时天地晦暗，结果使孔甲迷了路，就这样惩罚了昏君。

不廷胡余

张锦江 文

南海渚中，有神，
人面，
珥两青蛇，践两赤蛇，
曰不廷胡余。

［大荒南经］

南海有一个岛神，是天帝黄帝封赐的大荒南沙洲神，封号"不廷胡余"，庇护着南沙岛、礁、沙洲共五十四座。

在他所管辖的岛礁中，有一个岛植物丰富，名叫椰岛。不廷胡余就住在椰岛上的一柱峰的悬岩的山洞内。

椰岛上长着圣果绿玉椰。滚圆的椰果外皮是绿色的，倘若劈开椰果，里面除了晶莹的椰汁之外，还有一个玉色的球状的芽果儿。椰汁清凉可口，芽果儿咬一口，松软甜蜜。这椰果是岛民日常果腹的食物。

这椰果的奇妙之处在于岛民吃上一个，十天半月都不觉得饥饿；吃了椰果的人都长得壮实、高大，从不染病，还都寿添百岁以上，而且即使到了百岁也都如青壮年一般。

岛民身轻体健，于是在岛上建了一座座香气扑鼻、椰壳叠垒的小屋。椰壳里填满山泥，雨水一淋，椰壳就会爆出新芽来。这样的椰壳小屋冬暖夏凉，屋的墙面又是嫩芽翠翠，住得岛民很是舒心。

岛民离岛乘的是椰壳筏——椰壳晒干后涂上椰子油，用椰枝条扎成供单人或多人乘的椰壳筏，轻盈而快捷。椰壳还可做成单桨的船，桨柄是用酸豆树的豆荚做的。酸豆树是岛上最老的树，树龄通常都在两三百年以上。树上结的豆荚像长长的弯刀，很是坚硬、结实，摘下来可敲击腿脚，借之健身，还可做桨柄。

岛民的衣饰也来自椰树。男人与女人都用羽状的椰叶做成各色椰叶衣裙，衣裙如鸟尾与鸟翅；头上还插着一支椰羽叶。女人们还会把椰壳雕成龟、鱼、鸟形的椰壳饰品，挂在腰上，走起路来叮叮当当响；耳朵和颈部还会戴上椰壳耳饰与椰壳项链。

椰树是岛民们的幸运树，或者说是他们赖以生存的生命树。在相当长的一段岁月里，岛民们都平安而幸福地生活着。

而不廷胡余就是岛民们的幸福神。

椰树的蓬勃、茂盛，得益于不廷胡余耳朵上穿挂着的两条青蛇与他脚底下踏的两条红蛇。每当夜深人静时，他的青蛇就飞腾在椰林上空，张大嘴，口中喷出晶莹的泉水来，泉水飞溅着化成细密的露珠儿落在椰叶、椰果上。于是，清晨岛民们在椰林中不仅能闻到泉水的甜味，还能见到每片椰叶与每枚椰果上闪亮的露水珠儿。那么红蛇呢？红蛇在椰树下，用蛇牙咬碎椰树根部的山土与山石，吐出黏黏的蛇涎，然后再将土盖上。蛇涎浸润到椰树的细长的根须，它的神奇肥力就显现出来了，所以椰岛的每株椰树都快速生长着。

岛民们都爱戴自己心中的神，他们用椰壳制作成不廷胡余的神像供奉在椰屋内，椰岛大大小小的石岩上也雕刻着不廷胡余的神像。不廷胡余的长相是那般美好：这是一个健美而强壮的汉子，他的脸方方正正，饱鼻阔嘴，有着两条粗短的浓眉，双目炯炯有神，总是慈爱地微笑着。不廷胡余通常赤膊、赤足，下身围一条虎皮裙，脖子上戴一条三角红巾。

不廷胡余是个快乐的神，他酷爱音乐，用椰果壳与椰树枝条做了一把琴，琴声中有鸟叫声、浪花飞溅的响动、轻风拂过的声音……会让听者迷恋上。岛民们知道了神的嗜好，每年祭祀山神的日子就变成了音乐的节日。祭神的欢乐都体现在岛民们的歌舞之中。每每这时，空中响彻着不廷胡余的琴声。篝火熊熊地燃烧着，岛民们手牵着手围着篝火唱着跳着。岛民们用椰葫芦吹奏的号子声"呜呜"地响着。椰岛欢腾了。椰岛的祭祀还吸引了附近岛礁的原住民前来参加。

在岛民们最兴奋的时候，篝火中突然闪现出一个女子来。这是一个娇丽非凡的女子。她穿一袭蓝色拖地长裙缓步而来，裸露的脸、脖子、手臂、脚踝都白洁如玉，皮肤粉嫩、柔滑，眉目清秀，有着精致的鼻梁与小唇。她随着不廷胡余的琴声唱起来，那天籁般的歌喉一响，岛民们的欢唱顿时停了下来。不廷胡余的琴声与女子的歌声缭绕交织在一起，像飞过的一只夜莺那般动人，像掠过夜色的一只萤火虫舞动出的柔和光线那般美丽。岛民们被她的美丽与歌声惊呆了。在燃烧的篝火发出的轻微的"噼啪"声中，他们个个瞪着大眼，屏住呼吸看着女子，听着柔和美妙的琴声与歌声，像丢了魂一般，僵硬地立着。

这时，不廷胡余现身了。他弹拨着椰琴，身上裹着一团闪光的雾气。岛神的琴声中有了倾慕的渴望，柔绵地飘荡着。他越来越靠近蓝裙女子了。篝火"噗"的一声，蓝裙女子像一阵轻风一般，消失得无影无踪了。

与此同时，不廷胡余身上那团闪光的雾气也隐去了，岛神一眨眼不见了。

岛民们像突然醒了一般，又围着篝火唱呀跳呀，空中的琴声也还是响着。祭祀山神的仪式变成了狂欢。大家都意识到他们见到的蓝裙女子一定是某个下凡的仙女，也依稀觉得他们心中的神对蓝裙女子有某种好感与爱慕。这一认知让岛民们感动得不能自已，都发了疯地喊叫嚎唱、手舞足蹈。

这场狂欢的祭祀一直延续到深夜，岛民们才灭了篝火。不廷胡余的琴声也才停了下来。

第二天，椰岛是被不廷胡余的琴声唤醒的。

海上出现了钩钩云。岛民们觉得这是不祥的预兆——风暴要来了。

椰岛滩头海浪的长舌越伸越远了。

海上的天气说变就变，未及一个时辰，海面上卷起扑天大浪，咆哮的风怒吼着，天空霎时阴云密布，天和海都黑了。海的大口张着，要一口吞了椰岛，要一口吞掉椰岛上的生灵。海水已不可阻挡地往岛上涌来。

说时迟，那时快，巨浪还未来得及摧毁海滩附近的椰林，不廷胡余的琴声就变得高昂激越了，两条青蛇和两条红蛇听懂了琴声的意思，立即飞腾而去，化作坚固的岩石堤坝圈围住椰岛，挡住了浪的去路。

椰岛躲过了风暴。椰林丝毫无损地挺立着，没有一只椰果落在地上。

琴声舒缓了下来，蛇化的石坝不见了。

岛民们都朝一柱峰的悬岩伏地而拜，呼喊着："救苦救难的神呀，大慈大悲的神呀，子孙万代会记住神的善、神的恩！"

这时，不廷胡余注意到椰岛的滩涂上有了新的动静。他停了琴声，裹着一团闪光的雾气飞了起来。岛神变成一个年轻的渔人降落到滩涂上，手里拎着四条鱼，那是蛇变的。

滩涂上的情景令人惊异。一群衣不遮体的男人在沙滩上蠕动着、呻吟着，显然，他们遭遇了海上风暴。仔细一看，有八个人还都活着。这位年轻的渔人出现在他们面前时，他们先是恐惧万分，但看到渔人温厚地对他们微笑着，他们都放心地望着这个渔人。渔人用亲切的声音问道："你们从哪里来？怎会落水的？"八个人面面相觑，嘴里发出"呀呀"的声音——他们都是哑人，都不会说话。渔人诧异地问："你们都不会说话？"八人都摇摇头。

只见来了三个岛民，温厚的渔人对岛民说："谁都可能会遭遇不幸而落难，善良的岛民呀，像亲人般把他们安置好吧。"渔人丢下一条鱼，又裹着一团闪光的雾气飞走了。那鱼在滩涂上翻跳着，变出了一堆椰叶围裙。三个岛民知道那个年轻的渔人是岛神变的，就将椰叶裙分到落水者手里，然后把他们安置在空闲的椰屋里，并给他们吃了新鲜的椰果。

这个突然的变故，让不廷胡余放心不下。他必须弄清这八个落水者的来历：为何都是哑人？

不廷胡余脚踩着两条红蛇升腾而起，远远看去，只见一团亮雾在空中飘着。他弹起了椰琴，琴声悠扬，带一点婉转的渴求。

海上有了回应，那是一个女子唱的动人心弦的歌，歌声似乎来自遥远的地方，又似来自近在咫尺的地方。歌词听不清，当然不知道什么意思，但旋律又好似听过那般熟悉。不廷胡余想起这是祭祀那天晚上那个蓝裙女孩子唱歌的声音，是的，一定是她。

他踩着红蛇腾雾而去，向着女子歌声的方向飞去。

不廷胡余的琴声越发饱满，像海燕般在浪尖上蹿上蹿下。

女子的歌声激昂地穿透了蔚蓝的天空，如海雕展开了长长的翅膀，如离弦的箭似的飞着。

不廷胡余的琴声与那女子的歌声越来越近了。

不廷胡余听到了自己心跳的声音。

他远远地看到了一座海礁石。

也看清了那件飘拂的蓝裙。

不廷胡余的琴声如狂风暴雨般响着，显得杂乱无章了。

突然，蓝裙不见了。

不廷胡余发现这是一座无名的礁石。礁石的表面是光亮、油滑的。无论涨潮、落潮，它都凸显着。礁石的四周水流十分湍急，水下有暗礁，水与暗礁的挤压和碰击就形成了一个围着礁石盘旋的强大的漩涡，漩涡的范围可达五六海里。也就是说，倘若有船只闯进这漩涡，顿时会被卷入海的深渊之中，船毁人亡。

就在蓝裙消隐的时候，礁石四周的海水涌动起来，翻腾着浪花。这是远洋的深海，海水是墨蓝的，有生命在这墨蓝中闪动着——南海最为罕见的蓝豚。这是一群完美无缺的生物，有着可爱的尖喙，隆起的额头，圆滑、流畅的身子，背鳍与胸鳍坚挺地竖立着，渐渐变细的尾巴尖端是平展的尾鳍，它们的珍稀之处是其浅蓝色的外表。

此刻，蓝豚正围着礁石转圈圈。

它们很是欢快地嬉戏着，发出嘹亮、悠长的海豚音。这声音在波浪的起伏中缭绕着。

不廷胡余敏锐地捕捉到海豚音的旋律。他的琴声随着海豚音的节拍弹奏着。

蓝豚群在波浪中跳跃欢腾着，然后快活地昂起了头，整齐得像一队士兵。琴声舒缓的时候，蓝豚都朝天仰着，露出白白的肚皮，只有尾鳍轻轻地摇摆。海豚音陡然穿透云霄，海豚群像接到命令一样，都翻转身去，一下子钻进了海水里，海面上留下了许多白色的泡沫，蓝豚不知所踪了。琴声与海豚音却没有停下，白色的泡沫还未退尽时，蓝豚群又从另一处跃出了水面。于是，蓝豚的音乐舞蹈继续进行着。显然，蓝豚自由奔放的音乐舞蹈，都是在一头娇小蓝豚的带领和指挥下进行的。毫无疑问，它就是蓝豚的头领。海豚音也正是出自它之口。不廷胡余可以断定，这娇小的蓝豚就是那位蓝裙女子所变。

让不廷胡余庆幸的是，他的琴声与海豚音是那般合拍、融洽，蓝裙女子没有拒绝他的意思，而是配合得自然而然、天衣无缝。这让他感到有种说不出的喜悦之情暖暖地流遍他的全身，骨头里都好像在冒着泡沫。

不过，不廷胡余还是看到了礁石的石缝里嵌着一副船板的残骸。岛神疑惑起来：这蓝裙女子是妖还是仙呢？椰岛滩涂上八个落难的哑人是蓝裙女子所害？不廷胡余警觉起来，停止了琴声。他甚至想，如果这蓝裙女子是害人的妖女，他一定会除掉她。

不廷胡余突然离开了礁石与蓝豚群，他又变成了一位年轻的渔人去找那些落难的哑人。哑人中有一领头的，大概是船老大，是个精瘦的小老头儿。渔人单独与船老大做了一次谈话，因为船老大已不会说话，所以只能渔人发问，然后让船老大用点头或摇头来回答。渔人问："你们的船是在一块礁石那里沉没的？"船老大点头。渔人问："看见礁石上有穿蓝裙的女子吗？"船老大又点头。渔人问："你们本来都会说话吧？"船老大还是点头。渔人问："看到蓝裙女子之后就不会说话了是吧？"船老大依旧点头。不用再问了，不廷胡余已经确认这场海难与蓝裙女子有关——她有妖术。

不廷胡余决定惩罚这个蓝裙妖女。

不廷胡余耳朵上的两条青蛇呼啸着，脚下踩着的两条红蛇怒吼着，蛇身瞬间变得无比庞大，张着血盆大口，吞吸着海水，然后喷向海礁，海礁一下子就被淹没了，四条巨蛇又围着礁石卷起扑天大浪，搅得天昏地暗。连续三天三夜，礁石陷入灭顶之境。然而，蓝裙女子与她的蓝豚群消失得无影无踪。不廷胡余的惩罚一无所获。

三天之后，海面平静了。在礁石的方向，海豚音隐隐约约凄婉地响了起来。不廷胡余一听，那声音里饱含着悲伤，那声音里有着无限的冤屈与失望。他一惊：难道我错怪这个蓝裙女子了？

岛神随即弹起了椰琴。他踩着红蛇腾空而起，化作一团亮雾飞向礁石。

不廷胡余的琴声舒缓地流淌着，诉说着对这些所见所闻的疑虑，倾吐着内心的悔愧与自责，坦言着希望对方谅解的恳求。

海豚音里有了汩汩泪水，有了动容的哀泣。随后，海豚音突然停了。

不廷胡余到达礁石处，只见到光溜溜的礁石，没看到蓝豚的影子，那副残船的木板也不见了。

不廷胡余悔恨难言，他不知道自己错在哪里，他的琴声大作起来，其中夹杂着莫名的悔恨。他疯狂地弹奏着，在礁石上空徘徊着。

一连几日，不廷胡余都在礁石上空徘徊。

他用琴声来忏悔自己的过错。

他用琴声来表达自己的思念。

终于，让不廷胡余欣喜难忘的时刻来到了。

一群蓝豚围着礁石在环游。海豚音是那般清亮，那般活力四射。不廷胡余看见蓝裙女子正盘坐在礁石上。她的妩媚动人，让岛神的琴声颤抖起来。

但是，不廷胡余一近前，蓝裙女子就消隐了，可海豚音仍旧嘹亮。那只娇小的蓝豚又闪现在蓝豚群的最前方。

不廷胡余没有一点儿犹豫，一纵身，亮雾一闪，变成一条健美的蓝豚与娇小的蓝豚游在一起。岛神的四条蛇变成了四条小鱼护游在他身边。岛神与蓝裙女子紧挨着游，他们有了直接对话的机会。

岛神说："蓝裙姑娘，你好呀！"

蓝裙姑娘说："尊贵的岛神，你喊错了，我是蓝豚王的女儿蓝豚公主。"

岛神说："噢，蓝豚公主，失敬了。"

蓝豚公主说："何止是失敬，而是失智。"

岛神说："何谓失智？"

蓝豚公主说："尊贵的岛神，你是那样地睿智与宽厚，椰岛在你的护佑下兴旺秀美。正是出于对你的仰慕，我才冒昧地闯入椰岛的祭祀活动中，而你对落水毛贼的判断是如此幼稚可笑，甚至是愚蠢至极！"

岛神说："蓝豚公主，你对我的褒奖，我心领了，但请公主继续点化迷津：那些落水者怎会是毛贼？"

蓝豚公主说："这是一群盗猎蓝豚的毛贼。因为蓝豚高贵稀有，皮与肉都是世上罕见的珍品，盗猎者捕获到蓝豚便会一夜暴富。"

岛神说："蓝豚公主，当时的情景能否明言？"

蓝豚公主说："这群毛贼乘坐的是八桨木划船，在他们追猎蓝豚群时，我在礁石上唱起了《蓝豚的月光》，这是一首非常好听的歌，凡是听到这歌声的人都会入迷，都会忘情，都会不知所措。毛贼只顾听歌了，又都惊叹于我的惊人美貌，导致他们的船误入了礁石周围的湍急漩涡，一下子就被卷进了海的深渊，正巧海上起了风暴，又把这群毛贼抛出海面。我并不想要这群毛贼的小命，便令蓝豚群把他们救到了椰岛的滩涂上。为了教训这群毛贼，我让蓝豚群用舌头舔了一下毛贼的额头留下了舌印，让他们变成了哑人。现在你清楚自己失智在哪里了吗？"

岛神说："原来还有这段故事。我确实做出了不理智的事，还请蓝豚公主恕罪！"

蓝豚公主说："尊贵的岛神，你对蓝豚群的家园施以风暴，无端的惩罚使我很是失望与伤心。"

岛神说："蓝豚公主，我听懂了你的歌声，我用琴声向你表达我的自责与忏悔。"

蓝豚公主说："尊贵的岛神，你的琴声也打动了我，我不会再责怪你，过错谁都会有的，哪怕是神。"

在岛神与蓝豚公主交谈时，他们越来越贴近地依偎在一起游着。冷不丁，岛神用蓝豚长喙触吻了一下蓝豚公主的脸颊。

蓝豚公主害羞地往海的深处沉潜而去。

岛神立即跃出海面，踏着两条红蛇，闪着一团亮雾走了。不廷胡余一路琴声欢快。

椰岛上出现了奇怪的事。

椰树的椰果每天都会少掉十五六个，而岛民们一般吃上一只椰果，十天半月不会再吃，所以这些椰果必定不是岛民们采摘的。那这些椰果到哪里去了？

原来，八个毛贼没有闲着，在那个精瘦的船老大的带领下，他们每天偷偷地摘椰果，五六天之后，他们偷了上百只椰果，并准备带着椰果逃离。他们觉得这椰果既好吃又能使人长寿，一定能卖大价钱，让他们发一笔财。八个毛贼设想的计划很周到，可谓神不知鬼不觉，连不廷胡余也未察觉。毛贼甚至将椰子筏也准备好了，就等待逃离了。

这天半夜，月黑星稀，八个毛贼悄悄地把上百只椰果运到了椰子筏上。船老大发现天象和风向都不错，于是八个毛贼划起了八支桨，椰子筏起航了。

　　突然，椰子筏被一群蓝豚挡住了去路。原来是蓝豚在毛贼额头上留的舌印起了作用。这舌印有传达信息的作用，只要他们在岛上做坏事，蓝豚就会知道。

　　海豚音响了起来，惊动了不廷胡余，也惊动了岛民们。

　　岛神驾一团亮雾停在滩涂的上空，岛民们奔向了滩涂。他们看到了惊人的一幕：一条椰子筏上装满了椰果，八个原来落水被救的哑人在划着桨，却被蓝豚围困住了。

　　那个蓝裙女子正骑在一头蓝豚上。岛民们明白了，少掉的椰果是这群哑人偷的，这是一群毛贼，是蓝裙女子帮了椰岛。

　　蓝豚公主对着空中引颈高歌。空中的岛神将耳朵上的两条青蛇甩了下来，两条青蛇变成了两只巨大的海雕，海雕从天而降，用利爪一把抓起了两个毛贼。岛神厉声说："这群贪婪的恶人，骨头都是黑的。对恶人哪怕有一丝宽恕也是罪过，把他们丢到海里喂鱼虾去吧！"于是，海雕把八个毛贼全部扔到了海里。

　　滩涂上欢腾起来。空中的琴声响彻云霄。蓝豚公主骑着蓝豚带领蓝豚群离去，高昂的海豚音响彻夜海。

故事取材

《山海经·大荒南经》

原文：南海渚中，有神，人面，珥两青蛇，践两赤蛇，曰不廷胡余。

译文：在南海的岛屿上，有一个神，长着人的面孔，耳朵上挂着两条青蛇，脚底下踏着两条红蛇，（这个神）叫不廷胡余。

不廷胡余（明·蒋应镐图本）

传说不廷胡余是掌管南海岛屿的岛神，相貌怪异，耳朵上挂着两条青蛇，脚下踏着两条红蛇。

飞兽之神

张锦江 文

又西三百五十里，

曰莱山，其木多檀楮，

其鸟多罗罗，

是食人。

[山海经·西山经]

在莱山山民的眼中，这不过是一支嵌有牛头杖柄，木质泛黄、古旧的普通檀香木杖。檀香树在莱山山岩上拥簇着遍地生长。莱山终年笼罩在挥之不去的提神醒脑的檀香中。檀香木杖在莱山似乎是再普通不过的寻常之物了。

然而，此时这木杖在"嗞嗞"地响着。

木杖的主人并非凡夫俗子，而是西山七神之一的飞兽之神。西山七神分辖七座山，飞兽之神护佑其中的莱山。飞兽之神因是西山七神之首，又称七魁。

莱山有百十户人家，分散在大大小小的山头。山路崎岖，山民孤单而居。

七魁巡行莱山时就骑着这支木杖。

木杖有魔力——它能飞行。这是一支威力无穷的魔杖。

木杖的鸣响是一种不祥的信号，预示着山中出了祸事。

七魁老迈，行动迟缓、长相怪异。七魁的脸是一张小小的女人脸，而身子是披着金色皮毛的牛身，有四条牛腿、四只牛蹄，还有一条细细长长的尾巴。他用四腿站立着，身体左侧则长出一条瘦小的金毛胳膊来，胳膊前端有手，像人手，也覆着金毛。这金毛手握着檀香木杖。这个人面牛身神走起路来，似乎如老妇人一般。

其实，七魁在巡行莱山时一点儿也不迟疑，只见他麻利地跨上木杖，那木杖便腾空而飞了。

七魁不消片刻就降落在一座简陋的构树搭成的小屋前。山野很是安静，小屋前后长着有狭长叶子和淡黄小花的蕙草，蕙草的幽香与雅气中没有不幸和祸事。七魁疑惑地打量着眼前的一切，然后拄着木杖向小屋走去。

这时，小屋的门开了，走出一对年轻的夫妇来。

七魁一看，这对夫妇穿着毛茸茸的狼尾草制成的衣裙，长长的草裙盖过了脚面。男的上唇有黑须，女的有一个弯曲的尖鼻。

这时，七魁已不是人面牛身神的样子了，而是变幻成了一个老妇人。

尖鼻女和蔼可亲地说："有事要我们帮助吗？可爱的老奶奶。"

七魁说："谢谢女主人，我只是路过这里，没有需要帮助的事。"

黑须男憨厚一笑说："不用客气，老奶奶，有事尽管说，我们会尽力做的。"

七魁说："谢谢二位了。我想打听一下，这里发生过什么事吗？"

这对男女异口同声地说："没有，没有，这是多么好的初夏呀，蕙草花开得香着呢。"

七魁说："蕙草花开得好，也会有虫子咬的。你们不会是虫子吧？"

男女二人慌忙摆手说："老奶奶说玩笑话了，我们怎会是虫子呢？"

这时，七魁的木杖"嗡嗡"地响起来。七魁说："不瞒二位说，我的木杖告诉我，我碰到虫子了。" 这时刮起一阵大风，把两人的草裙掀了起来。七魁看见这两人的双脚是鸟的爪子，而且是锋利的鹰爪。七魁笑了起来："哈哈，两只虫子！两只虫子！"七魁用木杖点了点黑须男与尖鼻女，他们即刻化成了两根羽毛，那羽毛的形状让人瞠目结舌，毫不夸张地说，谁也没有见过如此巨大的羽毛，像一片刚摘下的芭蕉老叶，可以想象这鸟是多么魁伟、庞大。大风是七魁用木杖作法招来的，七魁的猜疑没有错，山民的草叶裙都是不过膝的，何以这二人长裙盖脚，其中一定有鬼，果然，一阵大风让他们的伪装露了馅儿。这是七魁聪明过人之处。

七魁走进小屋，只闻到一阵呛人的血腥气味，他立即意识到真正的屋主人遇害了。七魁并没有见到遇害者的遗体，也就是说，大鸟吃了屋主人，连骨头也吞了下去。这种妖鸟可以把两个活人吞食下去，其食量惊人不说，还能用鸟羽变幻成原先的屋主人，这实在不可思议。七魁思忖：这种妖鸟非一般精怪可比拟。

七魁在一个石坛中找到了一个初生的婴儿。这是一个男婴，肉嘟嘟的身上围着蕙草编织的小兜，睡得正香。石坛上覆盖着一块薄薄的石片。这孩子命大，没有被妖鸟吞食，真是万幸。

男婴醒来之后，也不哭，他爬出了石坛，径自爬到了小屋门口，那里有一头漂亮、娇小的金色母牛。男婴一点儿也不怯生，居然爬到母牛的肚皮下，捧着母牛的乳房，用小嘴吮吸着乳头。男婴吃了金牛的奶，一下子长大了许多。他吃饱了，不再爬行，是蹦跳着走的。这头金牛是七魁变的。

男孩着急地找他的爹娘，屋内、屋前、屋后都找遍了，也不见自己的爹娘，便哭了。男孩哭了一阵便不再哭，他抬起头，只见一个和蔼可亲的老妇人拄着拐杖站在他面前。男孩用天真的目光打量着老妇人，老妇人开口了："孩子，别伤心了，你的双亲已到天堂去了。"男孩问："天堂是什么地方？"老妇人说："快乐而没有忧愁的地方。"男孩说："我也去。"老妇人说："孩子，你的生命才刚开始，那还不是你去的地方。"男孩困惑地望着老妇人。老妇人说："孩子，从今以后，我与你生活在一起，你就叫我七魁奶奶吧。"男孩还是呆呆地望着这个陌生人的脸。老妇人说："孩子，我与你相识是缘分，你是缘分的儿子，从今往后，你就叫缘子吧。"男孩无奈地点点头。男孩看见屋前有两根很大很大的羽毛，便问："这是什么？"老妇人说："这是鸟的羽毛，它们的来历以后你会知道的。孩子，你把它们插在门上吧。"男孩遵从老妇人的指令去做了，他把羽毛插在了树屋的门上。

男孩发觉门口的金牛不见了，便问："七魁奶奶，刚才让我吃奶的金牛呢？"七魁说："缘子，金牛到它该去的地方了。"
缘子说："我还要吃奶呢。"七魁说："缘子，你只要吃过一次
金牛奶，以后就不用吃奶了。你信不信你现在已能把这个石坛举
起来？"缘子顺手一举，沉沉的石坛就被高举了起来。七魁说："缘
子，你看你的力气多大呀！一匹马也能举起来，还用吃奶吗？"
七魁接着又说："从明天起，我们一起去吃百家饭吧。"缘子问："七
魁奶奶，什么是吃百家饭呀？"七魁说："吃百家饭就是一家一
家地去乞食。"缘子嘴一撇："七魁奶奶，这多难为情，我不去。"
七魁说："缘子，这叫'吃了百家饭，才知百家心'。世事难料，
人心莫测呀。"缘子不再争辩，乖巧地说："缘子听七魁奶奶的话。"

七魁重新给缘子铺了一张床，在床上铺了一些棠梨树叶，又
找到一条缘子娘织的白茅草席覆盖在上面，这样一来床就变得又
松又软。白茅草席是祭山神时放供品的毡毯，七魁是想保佑这孩
子不再受伤害。

第二天，七魁带着缘子去吃百家饭了。

出门时，七魁让缘子闭上眼睛，说："缘子，我们就要出门了，
你闭上眼睛，我会带你飞上天，到降落的时候才能睁开眼，记住
了吗？"

缘子应道："七魁奶奶，我记住了。"

待缘子闭目，七魁又说："抱住我的腰，落地时松手。"缘
子又应了一声。七魁将木杖放在两人胯下，嘴里一声"着"，木

杖便飞了起来。

缘子飞上天的一瞬间心悬了起来，风"呼呼"地在他耳边响着，凉飕飕的。他使劲地抱住七魁奶奶的腰，害怕跌落下去，又想从天上看地上的山、树、泉水，但是他听七魁奶奶的话，始终把眼睛闭得紧紧的，一点儿也不敢偷看。

缘子落地睁开眼时，只见自己落在了一座用构树枝干搭建的树屋前。缘子与七魁走向树屋。七魁轻声唤道："施主在吗？"屋里走出一壮汉问："何事？""施主有水吗？山高路远，带的水在路上喝完了，口干难忍，赏一碗水给老妪与孩子解渴吧。"七魁拍了拍腰中的一只葫芦说。缘子先前并未见七魁奶奶腰中有葫芦，他觉得好奇怪：什么时候冒出来的？那壮汉一听扭头就走，还丢下一段话："这附近走半晌也找不到一处有山溪、泉水的地方，我家也三天没沾过一滴水了，到别处去要吧。"这时，七魁的木杖"嗡嗡"响起来。七魁说："施主，我的木杖告诉我，你说的是谎话。"壮汉连连辩解道："老太婆还会装神弄鬼呢，你不信也没办法，确实没水给你。请走吧。"

七魁举起木杖，用杖头在树屋上一点，树屋瞬间消失了，现出一只石缸。七魁说："施主，这是你家水缸吧，缸里的水三天三夜都喝不光吧。"壮汉惊得目瞪口呆，羞得无地自容。七魁说："施主，你这一缸水已到了我葫芦里，缸里一滴不剩了，不信你去看看。"壮汉看了看石缸，果然空了，一滴水也没有。壮汉吓得连喊："碰到神仙奶奶了！宽恕我吧！"他拜伏在地上。那树屋又变回来了，树屋内走出一胖妇人也跟着叩头谢罪。七魁说："回屋吧，水又回到缸里了。不过，施主，我要提醒你们一句，对世上身在困境的人冷漠无视是要付出代价的。"

七魁领着缘子转身走上了山道。

缘子看到眼前的这一切，内心的震动与惊讶也非同小可。他心里一清二楚，七魁奶奶不是凡人，是神仙。缘子对七魁奶奶愈发心悦诚服、五体投地了。

缘子向七魁提出一个请求："七魁奶奶，在天上飞时让我睁开眼吧。"七魁说："孩子，七魁奶奶是怕你害怕，才不让你睁开眼飞行的。你不怕？"缘子摇头："不怕。"七魁把木杖往地上一戳说："好！那就飞吧。"谁知，这一戳岩石裂开，缝隙中流出了一眼泉水来。七魁说："这眼泉水让附近的山民享用吧。走！"

这一回，缘子大开眼界了。缘子觉得自己像长了翅膀，自由自在地飘荡在空中。只见莱山山脉的峭崖陡壁如刀劈而出，高低山岩盘绕回旋，山、石、蕙草、棠梨树、檀香树、构树还有岩缝中的绿苔都仿佛悬在半空。从莱山峡谷望下去，峭壁有如蜂窝，有如蚁穴，有如树屋，有如狼窟……峭壁是彩色的，缘子并不知道那是莱山的金属矿物的层岩。峡谷中的山泉是红色的，缘子当然也不知道莱山上有许多板栗大小的丹砂。缘子看到麋、鹿还有长毛牛。突然，缘子喊叫起来："七魁奶奶，你看，一只大鸟！"

顿了一下，缘子又叫："这鸟太大了！"

七魁说："这叫罗罗鸟，它能吃人。"

七魁又补充道："缘子，就是这罗罗鸟吃了你的双亲。"

缘子一听便惊呆了，随即怒气冲冲地说："七魁奶奶，我们快去杀了它！"

这时，七魁的木杖又"嗡嗡"作响了。七魁说："这孽障又作恶了！我们现在就飞回去。"

七魁驾骑着木杖又飞回到了先前那个讨水遭拒的树屋前。他并没有见到大罗罗鸟。树屋的门紧闭着，七魁唤道："有人吗？"屋门开了，那壮汉与那胖妇人笑盈盈地开门，双双拱手道："敢问老人家，何事？"七魁道："有无见到一只大鸟？"壮汉与胖妇人都摇头说："没有呀，哪来的大鸟？"七魁的木杖连续响着，他说："二位说谎呀！如果我没有说错，二位应该是大鸟身上的羽毛吧？"七魁用木杖在这壮汉与胖妇人身上一点，说道："对不住了，大鸟羽毛。"二人立即变成了两根大羽毛落在了地上。缘子被眼前的一幕惊得合不拢嘴，待缓过神来又不住地拍手叫喊着："七魁奶奶真神了！"

缘子随七魁进树屋，见到了地上的血迹，闻到了血腥气，知道两个屋主人被吃了。缘子不禁"哇"地大哭起来，他想起自己的爹娘也是这般惨死的。七魁安慰缘子说："孩子别哭了。莱山这地域，山民孤单而居惯了，互不往来，养成各顾自家的习气，以致私心太重，不太愿意帮助别人家，才让这恶鸟钻了空子，不断伤害无辜。你别伤心，这只恶鸟我终究要除掉它的！"缘子急不可待地说："七魁奶奶，我等不及了，现在就去除掉它！"七魁说："孩子，心急不得，你也看到了，这鸟非等闲之辈，它把人吃了，还会用羽毛变成人，可见它的野心有多大，它想把这莱山山上所有的人都吃了变成羽毛人。单凭七魁奶奶的这点本领还制服不了它，还要你的帮助。孩子，你怕吗？这鸟会一口吞了你！"缘子说："七魁奶奶，我不怕，你说吧，我能怎么帮助你呢？"未等七魁说话，只听不远处人声嘈杂，七魁与缘子便闻声而去。

他俩走近一看，原来是一群人为那眼七魁用木杖戳出的泉水争执起来。现场一片混乱，大家都想挤近泉眼抢水喝，一个把头伸长了用嘴巴正喝着，另一个把他推开了，伸出一只石碗接水，再一个用力一拱，拿着葫芦灌水，你推我搡，互不相让，吵吵嚷嚷，差点儿打起来。七魁看了，就走上前去，用木杖在泉眼的地方捅了一下，泉水没了。七魁用木杖在岩石上使劲敲了两下，火星四溅。他显然生气了，脸上毫无表情地低声对缘子说："孩子，把那两根羽毛拿来，跟他们说说羽毛的来历。"缘子随即拖着两根大羽毛来了，说："乡亲们，看到没有，这两根大羽毛就是两条人命……"在场的人都惊讶地张着嘴"呀"地叫起来，缘子说："乡亲们，你们只顾抢水，连乡邻被大鸟吃了都不晓得，看也不看一眼，人心麻木了是要遭殃的！"众人都羞愧地低下了头，不出一点儿声了。缘子又说：

"我爹妈也是被大鸟吃了。大鸟吃了人之后，会用羽毛变成被吃的人。这些羽毛人想霸占莱山，是七魁奶奶让大鸟的羽毛人现了原形。七魁奶奶还说，莱山山民孤单而居惯了，私心太重，让恶鸟钻了空子。乡亲们不会等死吧？不想死的话，就想办法齐心对付恶鸟！"缘子的话说得很得体，七魁赞许地看着他。缘子又说："是七魁奶奶这位大神拯救我们，点化我们！感恩七魁奶奶……"缘子说着就跪下向七魁拜了三拜，流下了感激的泪水。谁都知道七魁是莱山山神，每年莱山山民祭山神就是祭的他，但是谁都没见过七魁真身，想不到眼前这位老奶奶就是七魁山神，于是山民们便诚惶诚恐全都扑拜在山地上，口中念叨着："大神呀，我们有眼无珠，得罪大神了，宽恕我们小民吧！"七魁把木杖甩了一甩，说："都起身吧，按照这孩子说的去做吧！"众人又都连连应声道："大神呀，你大恩大德，我们听从神的旨意，合心制服妖鸟！"这时，七魁又用木杖在泉眼穴中捅了捅，那里又喷出泉水来。七魁说："各位享用吧。"众人都起身来接灌泉水，不再争吵，而是谦让再三才去接灌，大家喜气洋洋的。

七魁与缘子跨着木杖飞走了。

七魁带着缘子来到一座山岩下。

这是一座兀立的悬崖，在无云的蓝天的映衬下，崖顶有一只巨大的鹰栖息着。缘子定睛细瞧，这鹰的形状像他见到的罗罗鸟，但那不是一只活的鸟，而是一块鸟模样的岩石。七魁说："孩子，看到了吗？这就是一千三百年前莱山地域最后一只罗罗鸟的化石。想不到这鸟的化石积天地之灵气，一千三百年后又复活了过来。邪恶的东西死了，重新出现时还是恶性不变。石头鸟一活过来还是继续吃人。所以俗话说，除恶要除尽！"缘子说："想不到罗罗鸟死了一千三百年，还能变成精怪活过来。七魁奶奶，按你说的，我们赶紧去把这怪鸟除了！"七魁说："孩子，你不知道，鸟的化石在日月、晨露的千年浸润下，吸收了多少精华才得以复活。这罗罗鸟已不是原先的罗罗鸟了，它有了很深的根基，还有了变幻的邪术，要除了它不太容易，先让山民们齐心协力防着它，不要再受到伤害。到时，我们再见机行事。"

不出一日，见到七魁山神的山民们就把消息传遍了整个莱山的一百余户人家。他们个个都觉得心愧不止，不再孤身独处，无视乡邻。莱山山民本都是行猎出身，都能制弓箭，也都善射击之术。为防罗罗鸟，家家户户的门前都点燃了一堆篝火，一旦发现罗罗鸟，就把点燃的箭射向天空报警，然后各家各户都把火箭射向天空。不仅如此，男女老少还敲击起家里的碗、盆、罐来，并且齐声呼喊着。在空旷的山野里，回声很大，呼喊声可以传很远。这一招非常管用，只要罗罗鸟一出现，漫山遍野都是火光冲天，响声一片。三个多月下来，罗罗鸟吓得一直不敢降落下来。

这天一早，七魁对缘子说："孩子，我们该动手了。你把四根大羽毛绑定在身体的四周，连头也不要露出来。"缘子知道这一天终于到来了，他一脸兴奋，脸上发着光，红扑扑的脸蛋堆满笑意。他按七魁的吩咐把插在树屋门上的四根羽毛拔了下来。这些日子里，他天天看着羽毛练手臂的力气，四根羽毛是四条人命这件事他一刻也不敢忘记。七魁每天把缘子的床铺得软软的，让缘子睡得舒服些，然后外出向山民们讨吃的。现在缘子真的吃百家饭了，山民们见到这位老奶奶，都热情地拿出家里最好吃的，烘饼啦，黄米饭团啦，山桃果啦。山民们心里明白，这位老奶奶就是山神七魁。七魁也顺便巡视着山民们抵御罗罗鸟的情况，同时掌握罗罗鸟的动态。

七魁用木杖在四根羽毛上点了点，四根羽毛溅出了星星点点的火花，然后羽毛不再柔软，变得坚硬如铁。

临行前，七魁特意关照缘子，说："孩子，今日一战定高下，七魁奶奶需要你的助力。现在是动真格的了，孩子呀，手不会抖吧？"缘子一拍胸口说："哪会手抖？我都等急了！"七魁又说："这只孽畜已饿了三个月没有吃人，它的体力必然下降。但是，它饿极了也必然更加凶狠，也许它会不顾火箭的射击而扑抓山民。这时，我与你伺机给它致命一击！"缘子爽朗地应声道："我听七魁奶奶的指令。"这时，七魁说："孩子，我要看看你的力气有多大。"七魁在山岩上用木杖敲打了几下，只见陡然升起一块十人高的大岩石。七魁仰面望着高耸的大岩石，说："孩子，你能举得起来吗？"缘子也上下看了两遍说："七魁奶奶，我试试看，我也不知道我有多大力气。"缘子说着就两手伸到大岩石的底部，只听一声"起"，这大岩石就被缘子托举过了头顶。然后，他又向前走了一段路，把大岩石扔进了山谷中，发出"轰"的一声巨响。七魁赞许地说："孩子，你知道你的力气有多大吗？你有万钧之力呀！好呀，孩子，有你在，我的心里就有底了，不怕灭不掉这只妖鸟。走！孩子。"

七魁与缘子骑上木杖飞上天，然后，就盘飞在莱山山脉上空巡视起来。在天上，七魁又仔细嘱咐了缘子，并告诉缘子，罗罗鸟最厉害的地方是其锋利的爪子与凶狠无比的鸟嘴。无论神仙还是鬼怪，只要被罗罗鸟的爪子一抓就会留下几个大窟窿，只要被它的大钩嘴一啄就会被吞下。

当天空中出现了流星雨般的火箭，地动山摇的敲击声、呐喊声交织如雷的时候，大鸟从天而降，它毫无顾忌地张着长长的翅膀扑向了一座茅屋，那茅屋的屋顶被大鸟的翅膀卷起的旋风带走了，露出里面惊恐万分的一家人，两个大人、两个孩子都惊吓地蜷缩在一只石水缸的后面。七魁的木杖如强大的弓弩射出的飞箭，直插向大鸟的身躯，大鸟还没有反应过来，它的注意力在茅屋下那堆人的身上。七魁的木杖陡然变得很长很长，像一支长矛刺进了大鸟的肚皮。大鸟并没有落下，它仍然扑腾着长翅膀挣扎地飞着。与此同时，缘子弹跳了起来，双手抓住了大鸟的爪子，大鸟低头把缘子叼在了嘴里，就在缘子双手离开大鸟爪子的时候，他一用力就把大鸟两只如钢刀一般的爪子拧断了，两只鸟爪落了下去。大鸟无法吞下缘子，因为缘子被羽毛盾甲保护着，卡在鸟喙之间。缘子抓住机会用双手顶住鸟的上喙，他把蜷曲的双腿伸直，使劲用双脚顶住鸟的下喙。缘子一咬牙，鸟的上下喙张得大大的，合不拢嘴了，他再一使劲，"咔嚓"一声，大鸟的喙被掰断了，连鸟头也从中间劈开来了。大鸟还在飞，可是飞着飞着，大鸟的羽毛一根根地离开了翅膀。缘子双手吊在大鸟的脖子上，大鸟拼命地扭动着，扭着扭着不再动弹了。

七魁降落时，带回了一只巨大的没有羽毛的鸟。山民们纷纷捡起了大鸟的羽毛，将它们堆在一起，像一座羽毛小山。七魁让缘子把羽毛分发给每家每户，家家户户欢天喜地把羽毛插在了树屋、茅屋的门上。

莱山从此没有了罗罗鸟，山崖上的罗罗鸟化石还在，但再也没有活过来。莱山山民自此结束了孤居独处的生活，一早便可听见邻里之间的呼唤声。在祭山神的日子到来的时候，山民们都举着一根大羽毛欢快相庆。

缘子被莱山山民推举成了首领。

七魁依旧守护着这座山。

故事取材

《山海经·西山经》

原文：又西三百五十里，曰莱山，其木多檀楮，其鸟多罗罗，是食人。

译文：再往西三百五十里，是莱山，山中树木多是檀香树和构树，禽鸟多是罗罗鸟，它能吃人。

原文：凡《西次二经》之首，自钤山至于莱山，凡十七山，四千一百四十里。其十神者，皆人面而马身；其七神，皆人面牛身，四足而一臂，操杖以行，是为飞兽之神。

译文：总计《西次二经》中所载西方第二列山系之首尾，自钤山起到莱山止，一共十七座山，东西全长四千一百四十里。其中十座山的山神是人面马身；还有七座山的山神都是人面牛身，长着四条腿和一条胳膊，拄着拐杖行走，即飞兽之神。

人面牛身神（清·汪绂图本）

人面牛身神是一种有四条腿
和一条胳膊、拄着拐杖行走的神，
也叫飞兽之神。

熊山神

张锦江 文

又东一百五十里，

曰熊山。有穴焉，

熊之穴，恒出入神人。

夏启而冬闭，是穴也，

冬启乃必有兵。

［山海经·中山经］

熊山的冬季不该有麻烦事，却突然有了麻烦。

冬天到来的时候，熊山山寨中的石屋、草屋、树屋前后的臭椿树、柳树的树叶都脱落光了，秋季时臭椿树上结满的翅状的红果已消失殆尽，漫山遍野似荷叶的蔻脱草也都枯黄了。寒冷使山寨落寞，失去了光鲜的色彩。

山民们冬日不再狩猎，便利用闲暇的日子用臭椿树的枝干制作新的弓箭。臭椿树的枝干特别坚硬而富有弹性，适合用作弓箭的原材料。除此之外，山民们还都忙着晒臭椿树的红果干，这种红果干能清热解毒，活血化瘀，他们把红果干运到邻近的寨子去换取过冬吃的板栗、蜜柚、红橘。制作弓箭残留的臭椿树的枝干还可收藏起来，等到春天树叶茂盛时，与叶片熬成汤，外涂可治跌打损伤。因为臭椿树树高三十丈以上，树龄又都千年之上，常有神人由树干登上天去，因此，山民们都视臭椿树为神树，称其"天堂树"。山民们有这样的"天堂树"荫护着，生活得很是滋润。山上遍布白色的玉石，山下盛产白银，这能让山民们换来吃喝用的东西。

由臭椿树登天的神人叫熊山神，他是熊山的护佑神。

熊山神是一个健壮的男神。他长得虎背熊腰，方脸大耳，头顶心有一发髻，慈眉善目，上唇有八字垂须，下颌有一束黑胡，身穿宽大的黛青色道袍，脚蹬一双方头云靴。

熊山神常出入于山中的一个洞穴，这是熊的巢穴。巢穴里有一头黑熊，这是这座山上唯一的一头黑熊，此山也由此得名"熊山"。

冬天的熊穴照例是关闭的。

黑熊需要冬眠。

熊山神监管着熊穴的开启和关闭。每年入冬后，熊山神就用他的道袍兜着一块一块石头，在熊穴洞口垒起一道石门，把洞口封好。熊穴在熊山山顶稀有人烟的悬岩下，四周覆盖着丛生的寇脱草，显得非常隐蔽。

很显然，这熊是熊山神豢养的宠物。熊穴是山民们神圣的禁地，谁也不知道这熊穴隐藏着怎样的神奇，谁也不敢踏入这块禁地，怕有灾难出现。

熊山神封闭了熊穴之后，就由臭椿树登上天去了。

一个不速之客出现了。这是一只肥大的狙如，它的外形与猷鼠类似，遍体黑毛，长着白色的耳朵和白色的嘴巴，有一条粗粗的长毛尾巴。显然，它不是普通的老鼠，比普通老鼠大了许多。这头狙如在熊穴的洞口逗留了片刻，用尖长嘴上的鼻子左闻右闻石垒的门，然后轻轻地叫唤了一声，叫声居然像狗叫的声音。

突然，从寇脱草丛窜跑出十余头狙如来，大大小小，样子都差不多。看来，首次出现的狙如是这群鼠兽的首领了。

随即，鼠兽头领带着鼠兽们干起了它们的专营行当。狙如的四肢粗短有力，掌垫发达，四爪锋利如铁，扒土挖洞很是在行。不消半刻，它们在熊穴的石垒门下就挖出了一个大洞。鼠群一点儿时间也没有耽搁，在首领的带领下鱼贯而入。它们熟练且准确无误地找到了自己想要的一个个目标，那就是堆积在洞内为黑熊储备的上好的寇脱草蜜。寇脱草会开洁白的小花儿，有着奇异的香味，会引来络绎不绝的蜂群，由这种花酿出的蜜是蜂蜜中的极品。熊山神用熊山深处生长的一种叫作神仙葫芦的容器灌装着酿好的寇脱草蜜，并用树脂蜡封了口。这时，狙如们兴奋异常地用它们的尾巴把一葫芦一葫芦的蜂蜜从洞口拖了出来，离开了熊穴。一钩月亮正从黑云中显现出来，这是凌晨发生的事。鼠群的盗蜜行为几乎在悄无声息中进行，黑熊一点儿没被惊醒，还在沉睡着。

然而，很快有人发现了这个被挖掘出来的洞。这是两个猎户，准确地说，这是一对兄弟，大的叫阿龙，小的叫阿虎。他们是一对长得彪悍、腰扎豹皮的年轻人。阿龙、阿虎这天一早结伴上山砍柴，路过熊穴时，发现熊穴被挖开了一个洞，心生好奇：谁胆子这么大，敢来挖山神养熊的熊穴？阿龙说："小弟，你看熊穴被挖了，也不见有甚动静，看来，这地方也不过如此，外面传得很神，大概是虚传的，我们不妨走近瞧瞧。"阿虎胆子不如他的名字雄壮，有点怯生生地说："哥，不要惹事吧，看到就当没看到一样，回去给头人说一声，山神的熊穴被挖了。"说着就拖阿龙走。阿龙不依，说："都走到这么近前了，就看一眼吧，说不定还有什么好事等着我们呢。"阿虎从小就听哥的话，也不再反对，和阿龙一起向熊穴走去。

阿龙走近熊穴一看，洞口堆着的是新挖的山泥，用脚踢了踢，又看看洞口并不大，人的身子是进不去的，判断这洞不是人挖的。阿龙心里冒出一个念头，说："小弟，洞口太小，人是进不去的，索性把它挖大，爬进去看看里面究竟有些什么，也许里面有财宝呢？"阿虎说："哥，不要瞎想了，里面除了山神养的一头熊，还会有什么？我不挖，我怕得罪山神。走吧，回去吧。"阿龙坚持说："小弟，胆小成不了大事，你就听哥的。"说着，阿龙就放下肩上的柴火，拿起砍柴石刀挖了起来，阿虎没有办法，只好顺从阿龙，也放下了柴火，用石刀跟着挖。被鼠群挖过的山土已很松动，不一会儿，兄弟俩就挖了一个可供人爬入的洞。

这时，阿龙说："小弟，你跟随我爬进去，带上石刀。"阿虎说："哥，黑熊会咬死人的。我怕……"阿龙说："瞎说，你是虎，它是熊，哪有老虎怕熊的？何况冬天熊只管睡觉，没有空来管你呢。跟着啊……"阿虎只得乖乖地把石刀往豹皮腰扎上一插，跟着阿龙爬进洞去。

洞中幽暗，除了被挖开的洞口透进光来，只有熊穴底部有蓝荧荧的光亮，不过整个熊穴的样子依然能看清。熊穴有一人多高，洞壁并不光滑，垂吊着长长短短的钟乳石，脚下尽是高低不平的岩石，能听到洞壁渗出的泉水下滴的声音。这熊穴是天然的洞窟，不知经由多少岁月才形成。洞窟并不很深，兄弟俩小心翼翼地爬行着，阿虎听到自己心跳的声音。兄弟俩不说一句话，紧张地从腰里抽出了石刀，紧紧地握着。

在阿龙、阿虎爬到再无前路时，黑熊已近在咫尺。黑熊鼾睡着。这头黑熊身体很庞大，遍体长着黑亮的长毛，下颌的毛是白色的，胸部有一块"V"字形的白毛斑；头圆，耳大，眼小，吻短而尖，鼻端裸露，足垫厚实，前后足都有五趾，爪尖锐而不能伸缩。兄弟俩把黑熊看了一个仔细：黑熊的睡姿很是可爱，嘴巴半张着，一副憨厚的模样。阿龙向阿虎摇了摇手，意思是先不要惊动它。阿虎的脸已紧张得扭歪了，他哪里敢出声。阿龙嘴一努，方向是蓝荧荧光亮的地方。先前，兄弟俩以为那是熊的眼睛，因为兽的眼睛在夜色中都是放射出蓝荧荧的亮光的。想不到那光亮的地方给阿龙带来了惊喜——阿龙看得真切，这是一颗放在洞壁凹槽里的又大又圆的亮珠。阿龙的兴奋和惊讶使他合不拢嘴，这可是无价之宝呀！大概是龙珠吧，想不到熊山神还有这样一颗镇洞之宝呢！阿龙的心提到了嗓子眼，他身手敏捷地扑了上去，一把就把宝珠攥到了手心里。阿龙觉得气都要喘不过来了，压低声音说了一句："小弟，快走。"

兄弟俩连滚带爬地出了熊穴洞口。不料，被迎面来的一位陌生的老者挡住了去路。这位老者气度不凡，魁伟高大，披一件华丽的虎皮大氅，内着虎皮背心，腰扎虎皮裙，足蹬虎皮靴。老者双手一拱，说："敢问二位小兄弟尊姓大名？"兄弟俩惊魂未定，面面相觑了一会儿。阿龙捏着珠子，汗都冒了出来，他偷了熊穴的宝珠，正心虚慌张，一时回答不上，而阿虎本来就内向不爱说话，又知道是哥盗了宝珠，所以吓得浑身颤抖。老者又说："二位小兄弟额上都冒汗了，怎么这般惊慌失措？莫非做了亏心事？"阿龙连忙摇头摆手，说："没有，没有，老伯您误会了。"阿龙又说："我们兄弟俩是村里的猎户，我是老大，叫阿龙，他是小弟，叫阿虎。"老者哈哈一笑，说："有意思，龙与虎怎么从熊穴里爬出来？"阿龙说："不瞒老伯说，山里人都知道熊穴里有一头熊是山神豢养的。冬天山神封了洞口，谁也不敢近前，怕得罪山神。我兄弟二人今早砍柴路过这里，见熊穴被挖了个洞，觉得好奇，就掘大了一点，爬进去看了看。"老者又哈哈一笑，说："两位年轻人，进去看到什么啦？"阿龙慌忙说："老伯，洞里黑，什么也看不见，小弟害怕，我们就马上爬了出来。"老者说："年轻人，你在说谎吧？"阿龙连声辩解道："老伯，不信的话，你问我小弟。"老者随即问阿虎："看你这孩子一副老实相，该说出真话来。"阿虎欲言又止，望了望阿龙，头低垂了下来。老者说："这孩子听从你这个做哥的，不敢说实话。年轻人啊，一时鬼迷心窍做错了事并不要紧，只要诚实地认错、改正就好。人一旦失去了诚实，就失去了做人的资格，将来后悔也来不及了。"老者这时在虎皮腰扎上一摸，掏出一颗珠子来，说："两位年轻人不诚实，我替你们说吧：阿龙手里偷拿了熊穴里的一颗珠子，对吗？"阿龙无言以对，他偷偷捏了捏珠子——还在手心。阿虎却陡然冒出一声："是的。"老者赞许道："还是这位小兄弟诚实呀。"老者笑道："两位年轻人，我手里的这颗珠子叫夜明珠，是东海海神禺猇送给我的礼物，比阿龙手里的那颗好。来，阿龙，比试一下。"阿龙没有办法，只得伸出拿珠子的手，把珠子托在手心。奇怪的事情发生了，阿龙手里的那颗珠子骤然失去了晶莹的光亮，变成了一颗与珠子同等大小的普通石球，而老者手心托着的是原先他们见到的那颗珠子。老者说："年轻人啊，本不属于你的东西，你意外得到了，真的也会变成假的。"说完，老者消失了。

这老者正是熊山山神所化。山神作法使阿龙手中的珠子变成了石球，这让阿龙先是惊恐，继而心中不甘，转而又恼羞成怒。阿龙年轻气盛，粗声吐了一句："小弟，我们再进洞去。"刚才的一幕已使阿虎胆战心惊，又听了山神的劝告提醒，觉得山神说得对，哥的行为有点执迷不悟了。阿虎劝说道："我想，刚才是山神现身了，还是听山神的点化，回去吧，爹娘还等柴火用呢。"阿龙一听，吼叫起来："不要说废话了，听哥的，进去！"阿虎不吱声了，乖乖地又随阿龙爬进了洞。

这回除了熊，没有再找到任何有价值的东西，阿虎以为哥这下该死心了、回去了，万万没有料到，阿龙说出一句让人听到后连下巴都会惊得掉下来的话："趁着黑熊睡觉，我们把熊杀了，取它的熊胆，剁下熊掌，熊皮做衣穿，熊肉过冬吃。"阿虎觉得阿龙一连串的胡思乱想实在太吓人了，急得结结巴巴地说："哥，不要搞错哟，这不是一般的熊，这是山神的熊，是神熊呀！"阿龙说："管不了这么多了，小弟动手吧！"阿龙说完举着石刀就往黑熊的喉咙猛刺过去，他想一刀了结这头熊。阿虎想阻止已来不及。只听得"哐唧"一声，火星四溅，石刀像刺在一块坚硬的石头上，断成了四块掉在了地上。

黑熊醒了，怒吼着翻身坐了起来，一双豆眼放出雪亮雪亮的光，头向上一仰，尖嘴张得大大的，露出尖利的牙齿，黑亮的长毛根根竖了起来。阿龙毕竟是猎户中的勇士，他夺过阿虎手中的石刀又往黑熊的喉咙刺，这是熊的软肋，猎人都是这么做的。可是，黑熊的身子是刀枪不入的，这是神的熊，怎会被凡俗的刀枪所伤呢？石刀又断成了碎片。

　　被激怒的黑熊站立了起来，与阿龙兄弟一般高大了。黑熊走了两步就扑向阿龙。阿虎知道，他哥不是弱者，有强大的臂力，他哥举起过一头野猪，甚至举起两三百斤的石磨也不在话下。他认为他哥与通常的熊有得一搏，可是眼前的是一头神熊。不过，阿龙一点儿也不示弱，迎上扑过来的黑熊，一下子抓住了熊的两个前足，双方只相持了一会儿，也就吞一口饭的工夫。阿龙想用力扳倒熊，可是熊像座山一样屹立着，他从来没有过这种体验，是那般无能为力，只那么一下，就被轰然推倒在高低不平的地上。阿龙是个不服输的人，他爬起来，又迅敏地抓住了扑上来的两只熊足，结局还是一样。阿龙被黑熊连连推倒了三次，黑熊像一个天才摔跤选手一样轻易地获得了每一次的胜利。阿虎意识到这场角斗越来越不对劲，他惊恐万分地朝洞口喊了起来："救命呀！救命……"

　　阿虎的求救声很是凄凉而绝望，这声音立即得到了回应。用石块垒的熊穴石门"轰"的一声倒塌了。洞口大开，阿虎拽了阿龙一把，喊着："哥，快逃吧！"

　　阿龙自知不是黑熊的对手，扭头跟着阿虎拔腿就逃。哪知，黑熊并不放过他们，追扑上去又撕又咬，发了疯似的攻击起兄弟两人来。原来，黑熊的习性就是这样，人遇见黑熊是不能逃的，装死或者不动或许还能免受伤害。阿龙兄弟也属有经验的猎人了，只是没有预料到山神养的熊这么厉害，一时慌了手脚做出了逃跑的举动。他俩逃出了洞口，黑熊还是死命地又撕又咬。兄弟俩被咬得遍体鳞伤，痛得直叫。倘若继续撕咬下去，阿龙兄弟必死无疑。

就在这危急时刻，突然飞来两粒石子，正好打在黑熊怒张的两排尖牙上，黑熊停止了攻击。

站在惊魂未定、狼狈逃窜的阿龙兄弟面前的是一位身着道袍的老者，阿龙兄弟立即认出这是熊山山神真身，山寨的每家每户以及山庙中都供着山神的泥塑、木雕、石刻的神像。阿龙兄弟心里明白，是山神救了他们的命，是山神打开了熊穴的石门，是山神用石子阻止了黑熊。阿龙闯了这么大的祸，他不再骄横，羞愧而恐惧地站在那里等待山神发落，阿虎也懊悔莫及，恨不得自抽一个耳光，他无能盲从，未能阻止哥犯下大错，无可奈何地低垂着头。

那头熊趴伏在地上，温顺地瞪着小眼睛。

两粒石子不偏不倚地打落了黑熊上颌与下颌各十颗牙齿。只见二十颗牙齿散落在山地上，莫名其妙地动弹起来，所有的落牙都有了生命，一眨眼间变成了一个个穿红盔甲的武士，很小，只有指甲盖那么大。每个武士都揣着一支长矛，他们排成了整齐的两列，上颌的十颗牙齿变成的武士对阵下颌的十颗牙齿变成的武士，双方不由分说就长矛对长矛地打了起来。阿龙、阿虎被眼前的一幕惊呆了。

这时，熊山神晃了晃袍袖说道："两位年轻人，山寨本是宁静祥和的，现在却乱了。人在做，天在看。我在天上看得明白，先是狙如捣乱，偷了熊穴储藏的蜂蜜。这个你们大概不知道，洞是狙如掘的。接着你们添乱，又掘大了洞，且顺手牵羊盗了洞珠，而后又要杀熊取利。你们惹怒了熊，招来杀身之祸，我为解救你们二兄弟，不得已毁了熊穴石垒门。你们可晓得，熊穴在冬季是不能开启的，一旦开启，山寨就会遭乱。你们看看，连黑熊掉在地上的牙齿都会变成兵丁打起来。切记，任何生命不能迷了心智，一失足成千古恨，心智的堕落与毁灭是转念之间的事，年轻人要把握好呀！"山神正说着，只听得山下远处响起了哄闹声。山神又说："两位年轻人听到这哄闹声了吗？我告诉你们，这是山里人为争夺淘白银的地块在闹事呢。心智的混乱常常是一个小小的失误造成的。"阿龙、阿虎这才明白自己闯下的祸如此严重。说话间，那两列红盔甲小人的争斗已经结束，都垂死挣扎地躺倒在地上。说时迟，那时快，山神一甩道袍袖，那些小人儿又都变成了牙齿回到了熊的嘴里。熊站起身，一摇一晃地爬进了山洞。山神又一甩道袍袖，倒塌的石垒门又"轰"的一声恢复了原状。瞬间，山下人群的哄闹声也消失了。

不料，山下的一个石鼓又惊天动地地鸣响起来。

熊山神对阿龙兄弟说："两位年轻人，我们去山下看看吧，那里一定有好事等着你们。"

熊山神用宽大的道袍袖卷着阿龙兄弟旋风般地飞起，须臾间落在石鼓旁。那里围聚了一些山民，都在望着石鼓指指点点，争执不休，连山神到来都未察觉，个个争得面红耳赤，唾沫星子飞溅，摩拳擦掌，仿佛要动手的样子。山神一听，争来争去，就是石鼓为什么自鸣的话题。山神轻声对阿龙兄弟说："两位年轻人呀，看来石鼓自鸣也不是好兆头。"

这石鼓实在太大了，十个人合围也围不过来。

只见熊山神分开众人走到石鼓前，脱下道袍往石鼓上一盖，石鼓便不响了，石鼓底下顿时钻出一群狙如来。

原来，石鼓内有一窝蜂巢，狙如来这里偷吃蜂蜜。这群狙如正是盗熊穴内蜂蜜的作案者，因为山神用神仙葫芦装蜂蜜，且用树脂封口，念了神咒，凡间物种是无法打开的，所以狙如虽盗走了蜂蜜却吃不到。饥饿的狙如鼠群找到了石鼓下的蜂巢，一骨碌钻了进去，大吃蜂巢里的蜜，遭到了蜜蜂疯狂的蜇刺。狙如鼠群乱窜乱跳把进出的洞口堵了起来，引起了石鼓自鸣的现象。是山神安定了蜂群，狙如才有了逃出的机会。

众山民顿时如梦初醒，眼前竟是自己供奉的山神，一时鸦雀无声，齐刷刷地拜倒在地。山神一挥手，说："还不快起来去灭掉造祸作乱的狙如！"

众山民这才一窝蜂地呼喊着去追狙如了。哪知，阿龙兄弟还不敢轻举妄动，呆立在山神两侧等候发落。山神便说："两位年轻人呀，你们也快去灭狙如呀，走呀！"阿龙兄弟觉得意外，山神没有惩罚他们，连忙拔腿就奔向山民追去的方向。阿龙奔着奔着，他的脖子上长出了黑毛，接着手、手臂、脸颊、前胸后背、两条粗腿、大脚面上都长出了如狙如一样的黑毛，耳朵、嘴巴也如狙如一样是白色的了，嘴巴尖尖的，屁股上长出了一条粗粗的毛尾巴，手脚变成了鼠爪。

他一下子缩小了许多，像只真正的狙如一样在逃窜。途中路过一条小溪，他见到自己的倒影，喊了起来："我真倒霉，怎么成了这副样子！"可是他已说不出话来，他发出的声音是狙如的叫声，像狗叫一样。他流泪了，不知道该怎么办，不知道往哪里逃。

这时，一条凶猛的猎犬盯上了他，狂叫着扑向他。这只狙如矫健地逃起来，穿过了他熟悉的山谷、臭椿树、寇脱草、村舍、采银场……他认出这只猎犬是他们家的小黄，便呼喊了起来："小黄，小黄，我是阿龙呀，你家的主人呀！"小黄听到的是狙如狗叫般的呻吟声。小黄紧追不放，没有一丝同情与怜悯，用锋利的牙齿咬住了狙如的尾巴。

狙如停止了逃跑，跪拜在小黄面前，依旧叫喊着："可怜可怜我吧，我是阿龙呀！"他的眼中尽是绝望的恐惧和祈求。凶狠的小黄对准他的喉咙咬了一口，他便死去了。小黄衔着它的战利品到阿虎那里去邀功。对于小黄的成功阿虎满心喜欢，心想："哥见到一定也很高兴。"阿虎把被小黄咬死的狙如拎在手里。他哪里知道，这只狙如就是阿龙啊！

　　山民们灭了作乱的狙如，找回了被狙如窃盗的十余只装着蜂蜜的神仙葫芦。老少山民提着神仙葫芦，怀着对熊山神的崇敬虔诚之情，如数地把神仙葫芦送回到熊穴洞前。

　　阿虎一直在等他的哥哥阿龙回来，阿龙终究没有回来。而那只狙如吊在屋檐下已经风干了。

《山海经·中山经》

原文：又东一百五十里，曰熊山。有穴焉，熊之穴，恒出入神人。夏启而冬闭，是穴也，冬启乃必有兵。其上多白玉，其下多白金。其木多樗、柳，其草多寇脱。

译文：再往东一百五十里是熊山。山中有一个洞穴，是熊的巢穴，时常有神人出入。洞穴一般夏季开启而冬季关闭，就是这个洞穴，如果冬季开启，就必定会发生战争。山上遍布白色玉石，山下盛产白银。山中树木以臭椿树和柳树居多，花草以寇脱草最为常见。

熊山神（清·汪绂图本）

熊山的守护神，传说他居住在熊山的一个洞穴里，此洞穴一般夏季开启而冬季关闭，如果冬季开启，就必定会发生战争。另外，据说邾西北鼓山上的石鼓如果自鸣，就会天下大乱，烽烟四起——与熊山石穴有异曲同工之妙。

原文：又东三十里，曰倚帝之山。其上多玉，其下多金。有兽焉，其状如鼣鼠，白耳白喙，名曰狙如，见则其国有大兵。

译文：再往东三十里是倚帝山。山上遍布精美的玉石，山下盛产黄金。山中有种野兽，其形状与鼣鼠类似，长着白色耳朵和白色嘴巴，名叫狙如。它在哪个国家出现，哪个国家就会兵祸连连。

狙如（玥·蒋应镐图本）

狙如，其形状与鼣鼠类似，长着白色的耳朵和白色的嘴巴。它是一种灾兽，它在哪个国家出现，哪个国家就会兵祸连连。

石夷

王仲儒 文

有人名曰石夷，
来风曰韦，
处西北隅，
以司日月之长短。

［山海经·大荒西经］

石夷

又到祭日了。

天色微明时，风之女神狁，御风潜行，进入这片领地。每年的这一天，狁总是如期而至，前来祭奠一个故人。已经三百年了，她仍惦念着他。这个长发如瀑、双眼暴突、貌似凌厉的女神，实则侠骨柔心，情意绵长。

狁缓慢而滞重地掠过山脊，俯视这片终年昏暗、了无生息的土地，悲戚之余，却又莫名地心存不甘。她隐隐觉得，他可能还活着，隐匿在领地内的某个山洞或石隙之间。

狁轻唤一声："石夷。"

山石寂然，没有回音。

石夷是山神，管辖这片领地。

三百年前，此地可是另一番景象：山清，水秀，树密，花奇，鸟兽众多，美若天堂。再说石夷，他剑眉，凤眼，身形挺拔，性情柔和，行事勤勉而自律，是山神中的翘楚。

　　每日，无论晴雨寒暑，石夷卯时即醒，梳洗，扎髻，着装，戴斗笠，披蓑衣，沿着山径摸黑急行。及至山顶，正是月欲坠、日欲升、夜昼交替之时。石夷盘坐于一方石台，双目微闭，双臂围合，气沉丹田，吐故纳新，直至掌心发烫，冒出热气，丝丝缕缕，逐渐集聚，在手掌间汇成气旋，气旋飞转，显出澎湃崩裂之势。石夷双手发力，把气旋抛向空中，气旋散开，越旋越大，辉映出天幕上那一道道纵横交错的天沟。石夷伸展双臂，左手捞起太阳往上一托，右手接住月亮朝下一放，太阳和月亮顺势滑入二道天沟，沿着各自的方向，开始一天的运行。

　　这一幕恰巧被狱撞见，她惊觉，原来这片领地的昼与夜、冷与暖、冬与夏，竟是由石夷运筹和掌控的。他熟稔而轻巧的一个手势，让天地有了明暗，岁月有了四季。

　　狱叹服，继而钦慕，一直怀想至今。

　　回忆着往事，狱进入石夷的领地。

　　时间仿佛停滞了。山外晴朗明媚，山里却阴暗潮湿，黑影重重。太阳和月亮离地面很近，像两颗星球，被两根巨柱擎在空中。太阳在月亮的背后，光与热被遮挡，只露出一圈昏黄的光晕，冷冷地照着石柱。那巨柱无比坚实，表面如玉般闪着幽光，裂隙间嵌有殷红的结晶体，好似盘龙，紧缠着石柱，望去森然而悲壮。

巨柱间，微光下，隐现着一层苔藓。苔藓上，趴着一只犬。那犬六足，短腿，黑皮，无毛，长得异相。每个祭日，狄总能见到这只犬，它歪伏在那儿，耳朵和鼻子埋在苔藓里，好似在听，在闻，在搜寻某种声息。

狄和犬对坐无语。狄凝望着悬挂的日月，她细想三百年前的那场劫难，却怎么也弄不明白：究竟是什么人，或是什么事，颠覆了这片领地？

这是一丛荆棘惹的祸，犬记得清晰。

这种荆棘是外来物种，随候鸟潜入，在旮旯里生长。它的花红而艳，状似小嘴，可爱却危险，它的枝条柔中带刺，彼此纠缠，擅伪装，引诱昆虫、幼鸟进入，其尖刺渗毒汁，昆虫等被刺后会晕倒，荆棘便锁紧猎物，花朵遂噬血。

落入这个荆棘圈套时，犬尚幼，不谙世事。那天，它被一个花枝缠绕的高大穹门吸引，不由得往里走。那穹门高而宽，可越往里越窄，越矮，荆棘尖刺也越发密集。等它看到翕张的花朵，想掉头逃生时，为时已晚。荆棘感应到猎物，慢慢收紧，穹门越来越小。眼看着要被荆棘箍住，它吓坏了，嘤嘤地叫唤。

这时，一双手从洞口伸进来，握住它的身体。这是谁？它一个激灵。只听得"哟"的一声，估计是尖刺扎进了那人的手背和胳膊。它吓得僵硬了，任人摆布。那人的手伤着了，颤抖着，慢慢把它救出陷阱。

犬获救后，许久才清醒，见那人忍住痛，盘坐运气，锁住肩膀的血脉，再深吸一口气，"呼"地发力，把扎在手上的尖刺逼出，白色的衣袖上溅满了星星点点的血迹。

那人回头，对它笑意盈盈。犬心里暖暖的，俯首要做他的随从。那人也不嫌弃，说道："既如此，就叫你从从吧。"

那人就是石夷。

想到这些，从从忍不住流泪。

原以为除了尖刺，敷了草药，不久就会痊愈，哪知这是异域奇毒，无人认识，亦无解药，毒液残留在血脉里，埋下了隐患。

起先是手臂红肿，奇痒，发烫，好似流火。石夷来到溪边，把双臂插进阴凉的水里冷却。不一会儿，溪底泛起水泡，水面冒出热气，溪底的蛙、蟾蜍和大鲵纷纷跳出水面，四下逃窜。石夷忙收手，只见手臂上的血管暴突，鼓鼓地跳动着，好像要炸裂一样。

随后是麻木，发冷，额头在滴汗，手臂却凝结了一层霜，盘曲的血管像僵死的蚯蚓。透心的凉、彻骨的凉让石夷彻夜难眠，他不停地搓揉，敲打，烘烤，试图让血液热起来，流动起来。

石夷日渐憔悴，眼眶发黑，发髻散乱，每天在山巅运气时格外费力，许久才能形成气旋，双手推动日月时也是颤颤巍巍的，甚是惊险。

石夷一天比一天衰弱。每次劳作之后，他总是瘫坐良久，汗水淋漓，近乎虚脱。但他仍然日复一日地坚持着、硬抗着，这让从从心痛，更让它担忧。

石夷的病容，狭见过。

石夷和狭是神交，一年相会一次，约在秋末的白露。

那一年，那一天，云烟缭绕，雨水淅沥。山间松林深处藏有一草庐，庐内燃松枝，烹山泉。石夷早早等候，狭冒雨赴约。石夷奉上酽茶，狭赠以异地采撷的花籽。两人听松涛，品香茗，尝鲜果，散淡闲聊。狭游历四海，有说不完的逸闻趣事，石夷则安静聆听，间或低声浅笑。不知不觉间，已近日暮，狭起身告辞，石夷也不挽留。他捧来一枚葫芦，咣当有声，一股浓香破壁逸出，甚是醉人。

石夷说："这是花蜜酒，冬日可暖身。"

狭接过，见石夷双手微颤，便问："山神倦怠不振，莫非身有不适？"

石夷说："小恙，不碍事。"

狭说："若需，唤我。"

石夷遂取出一截荆棘，说："查此物。"

狭小心接过，腾身飞行，石夷破例送至山巅。狭飞出很远，回头见石夷仍站着，在墨绿色的林海间，那一点白色，明灭不定。

没等狻查实，灾难抢先降临。

这天，石夷失手了。

在托起太阳的那一刻，石夷突然大叫一声："不好！"他的左臂瞬间无力，太阳从他手上滑脱，没有进入天沟，而是在天上停顿了一下，然后直直地往下坠落。

从从陪在一旁，盯着太阳看，太阳在眼前越来越大，光芒亮得简直要刺瞎眼睛。随后，它闻到一股焦糊味，原来身上的金毛被太阳的热量燎着了。

天要塌了！

天地像炉膛一样红。太阳还在往下砸，如果太阳落地，与这片领地撞击，那么世间万物将顷刻覆灭，不复存在，化为混沌一片。

天上是惊鸟，身边是群兽，满山是烈焰飞舞和群兽逃窜的乱象。从从在焦炭样的土地上翻滚着，绝望地哀号，却不肯逃离，只想守着石夷。透过遍地烟火，从从猛然看见，不远处，石夷正竭尽全力用他的左臂撑起太阳。从从艰难地朝石夷爬去，看见石夷一个趔趄，又听到"咔"的一声脆响，石夷肩膀一别，手臂被生生地折断，直愣愣地插进地里。虽然与身体断开，可那手臂显然还活着，在太阳的炙烤下，无限地膨胀着、伸展着，最终幻化成一根巨柱，稳稳地擎着太阳。

大地还在燃烧。从从已哭不出声，悲恸地把头扎进滚烫的土地里，不敢再看石夷一眼。很久很久，烈焰渐熄，阴风四起，它抬起头，眼前暗淡无光，像寒夜一样冷冽，另有一根巨柱，托着月亮，矗在太阳前面。

那是石夷的右臂呀。

石夷倒在巨柱下，失神地仰望着重叠的日月。月亮被太阳炙烤着，不时有熔岩滴落，"嗞"地燃起，又倏地熄灭。从从爬向石夷，不断舔舐他的创口。石夷挣扎着倚靠着巨柱站起来，又倒下，再站起来，眼前一片焦土，满目疮痍。从从匍匐在石夷脚下，把脸贴在他脚上。石夷想去抚摸它，却发现自己已失去双臂，他感到似被万箭穿心，闭上眼，眼角滚落两串泪珠。

待石夷再睁开眼睛，瞳仁里有了决绝的神色。他朝着山外，用最后的气力嘶喊一声：狨——

狨在远方，察觉石夷领地上空日月错乱，正暗忖不妙，忽听到石夷的急召。

狨疾行飞驰，呼啸着掠过峰峦和峡谷。进入石夷的领地后，她错愕不已：那片曾经的仙境之地，怎会轰然崩塌，变得如地狱般惨淡恐怖？

石夷靠着巨柱，对狨说："带它们走。"

狨旋转身子，风乍起，掀起满地枝叶，卷成一个漏斗，把尚未逃离的禽兽卷了进来。从从抱紧石夷的脚，神情不舍。

石夷眼神凄怆，满是自责，黯然地说："走。"

狄把从从卷进漏斗。石夷说："拜托。"

狄见石夷站在巨柱前，岿然不动，像生了根一样，明白他心意已决。真正的山神，纵使深陷险境，也断然不会逃离自己的领地。

狄刮起一阵风，拖着漏斗，绕柱三匝，与石夷挥泪惜别。

狄颤声道："保重。"

然后，一腾身，直冲云天，决然飞出山外。

狄再飞回，已是来年。

她巡视领地、山巅、坡地、峡谷，苍凉寂寥，不见故人。她卷起枯焦的落叶，扬起又落下，只听得枯叶"沙沙"作响，没有一丝故人的影踪。狄怅然，但她固执地认为，石夷不会死，他就在暗处，他藏匿，他回避，或许是在等待一个重见的契机。

这样念想着，狄像候鸟一样，年年归来，巡山，撒籽，等待花开，等待重逢，来来回回，一晃过去了三百年。

从从也回领地了。

金毛烧尽后，从从蜕变成一只浑身疮疤、勇毅而执拗的黑犬，它千里奔袭，潜入领地，在黑暗中静伫，辨别石夷的声息和痕迹。

它在雨后成串的水洼中，闻到石夷的脚味，辨出了他脚步的方向。它在落叶堆上，看到一种人为的旋转印迹，好像龙卷风刚刚刮过。还有折断的枯枝和熄灭的灰烬。甚至，它还听到来自地底深处的声音，好像狼嚎，嗡嗡然有回响。

它确信石夷存在着。于是，它带来了山外新鲜的花枝、兰草和瓜果，放在石夷可能途径的地方。它想对石夷说："你在，我也在，我们不放弃。"

狄从行囊里取出葫芦。

三百年过去了，酒香早已散尽，满满一壶酒也挥发了大半。狄打开盖子，放在从从鼻子底下，从从深吸一口，一个激灵，醉倒了。她把葫芦靠近唇边，轻啜一口，好烈的酒啊，恰似暖流滑过喉间，让她涌出热泪。这酒，她从未抿过星点，怕酒后伤心，往事联翩。今日一品，竟催生出万千感慨，她乘着酒兴，把酒洒在巨柱之下，以示纪念。

地面冒烟，"嗞嗞"作响，酒在巨柱底下挥发和蔓延，又顺着石缝间的红色结晶攀援，结晶融化成液体，像血一样流动，点点滴滴，渗透到地底下。

然后，只听到一阵"轰隆隆"的声响，巨柱在扭动，太阳月亮摇摇欲坠。

狄惊愕，从从惊醒。

猛地，狄一把揪起从从飞上天，围着巨柱绕行。

巨柱摇晃得愈加猛烈，碎石四溅，欲将倾覆，又听得一声闷响，石柱基底崩裂，尘烟涌起，在明暗交错的光影中，一个白毛怪物从碎石中蹦出。

他仰躺在地，弯曲双腿，身子像陀螺一样转动，脚掌不断开开合合，生出一股气流。他的脚掌就像手一样灵活，把气流揉成气旋。气旋越来越大，巨柱也越摇越烈。终于，巨柱崩塌，石块如雨一般倾覆在白毛怪物身旁。

日月颤动，又将坠落。狓和从从失声尖叫。

白毛怪物并不慌乱，他用脚掌把气旋蹬向天空，气旋散开，天空中流光溢彩，映照出沟壑纵横的壮阔天景。而后，他伸直双腿，积蓄力量，只见那双腿瞬时变得粗壮，肌肉一块一块地突着、垒着，像石柱一样。他猛然叉开双腿，脚掌恰好接住坠落的日月，那两颗星球好重啊，他的双脚颤了颤，歇了歇，左一蹬，右一摆，太阳和月亮划出美丽的弧线，稳稳当当地滑入二道天沟。

静止了三百年的日月，再次运行。

天亮了，雪化了。

当年的一幕，已然重现。

狓携着从从飞落下来。白毛怪物收住架势，端坐着，手臂处空空荡荡的。他的双腿从背后反转，两只硕大的脚掌靠在头上，模样甚是离奇。狓望着白毛怪物，禁不住哽咽了。从从猛然吠叫起来，扑到白毛怪物身旁，不停地嗅着、蹭着。

　　白毛怪物长毛披拂，遮住了脸，遮住了身体，每一根白毛的尾梢都挂着一颗细小的汗珠，在阳光里闪烁。狄伸出手，张开手指，指尖流出的微风，轻轻吹开遮在白毛怪物脸上的长毛。还是那张熟悉的脸，剑眉，凤眼。狄哑哑地说："石夷。"

　　白毛怪物喉头颤动，却发不出声音。

　　狄喊了声："是你。"

　　白毛怪物摇头，呜呜地吐出一个字："嘘。"

　　狄说："山神重生，更名'嘘'吧。"

　　白毛怪物点头，浅浅地笑了。

　　这时候，狄播撒了三百年的花籽，骤然抽芽盛放。

　　漫山遍野的花，像大海一样，波连波，茫接茫，好像是一种对生命的礼赞。真可谓，唯有坚守，终能绽放。

故事取材

《山海经·大荒西经》

原文：有人名曰石夷，来风曰韦，处西北隅，以司日月之长短。

译文：有位神人叫作石夷，从北方吹来的风称作韦，他处在大地的西北角，掌管太阳和月亮升起落下时间的长短。

原文：有神，人面无臂，两足反属于头上，名曰嘘。

译文：有个神人，长着人的脸却没有手臂，两脚反转着连在头上，名叫嘘。

石夷（明·蒋应镐图本）

石夷是一位掌管太阳和月亮升起落下时间的长短，住在大地的西北角的神。

嘘（明·蒋应镐图本）

嘘是一位长着人的脸却没
有手臂，两脚反转着连在头上
的神人。

《山海经·大荒东经》

原文：有女和月母之国。有人名曰鹓，北方曰鹓，来
之风曰狻，是处东极隅以止日月，使无相间出没，司其
短长。

译文：有个国家叫女和月母国，有个神人叫鹓，北方
人称作鹓，从那里吹来的风叫狻。他身处大地东北角以便
掌管太阳和月亮，使它们不要相交错乱地出没，并掌管
它们升起降落时间的长短。

《山海经·东山经》

原文：有兽焉，其状如犬，六足，其名曰从从。

译文：有种野兽外形像犬，长着六条腿，名叫从从。

从从（明·蒋应镐图本）

外形乍一看像狗，但是长着六条腿。

因因乎

楼屹 文

有神，名曰因因乎，

南方曰因乎，

夸风曰乎民，

处南极以出入风。

［山海经·大荒南经］

南海上有一个寸草不生的荒岛，住着一个凶猛无比的异兽。这异兽如百年银杏树一般高，浑身的毛发是青色的，长着狼一样的脑袋，眼睛是血红血红的。它的嘴像虎的嘴，牙齿很长很锋利，形状就像凿子。它的背上长有鹿角，鹿角旁还有一对翅膀。它只要大嘴一张就可以吹出雪白、巨大的气流，只要翅膀用力一扇，顿时平地就掀起大风，它一下子能吃掉很多人和动物。当地人称它为"风生兽"。

每隔一段时间，风生兽就会飞出来滋事。它昂起巨大的头颅，扑棱着翅膀，从岛屿穿过海峡，给经过之处带来狂风，掀起一排排如山的巨浪。它路过村庄，无数座石屋、木屋、草屋倒塌；路过大山，山体滑坡；路过道路，不知多少行人和牲畜被大风卷走。

南禺山地处南海沿岸，每当风生兽来袭，不少年轻勇士都会与之搏斗，有会射箭的，有会使长矛和大刀的，但都不能置它于死地。就算偶尔让风生兽带伤逃跑，等它养好伤后，它还会回来加倍地伤害黎民百姓。

无奈之下，南禺山的村民只能屈服于风生兽，逢年过节都烧香祭拜风生兽，把最好的食物供奉给它。当地人还认为是狗招来了风生兽，不少村庄都有杀犬止风的古俗。每年冬季，寒流降临、西北风刮来时，村民们就杀掉许多狗来献祭给风生兽。

渐渐地，风生兽得意忘形，每年变本加厉地向百姓索取食物，胃口越来越大。南禺山附近的庄稼和牲畜早已被它掠夺一空，人们不得不纷纷带着孩子和老人背井离乡，逃离风生兽的魔爪。

风生兽见南禺山的村庄逐渐人烟稀少，不能满足自己的需求，便勃然大怒，想出毒计来祸害百姓。到了夏季，风生兽刮起了凶猛的东南风，当地人称之为"旋风"。这百丈旋风可以把千万株树木连根拔起，还会让成千上万的家园毁于一旦。到了冬季，风生兽刮起了猛烈的西北风，当地人称之为"厉风"。厉风所到之处不但人会受伤，最主要的是风里伴有病毒和疫情。村庄里的人畜被大风刮倒后受伤的、病死的不计其数。

有一年，南禺山东面的村庄出了一件奇事。一家农户的孕妇怀孕一年零八个月还未把孩子生下来，她的家人请了许多当地的大夫帮她看病，大夫看过之后都表示无能为力，然后摇摇头走了。但是孕妇能吃能睡，行动自如，神情气色都很好，家人也只能作罢，随她去了。又过了三个月，一天，孕妇突然肚子疼痛起来，疼得满头大汗。家人连忙请大夫来看，大夫看过后说："快准备，孕妇马上就要生了！"

经过几天几夜的疼痛，孕妇终于生下了一个男孩。男孩头大

无比，身材非常结实，哭声响亮，惊动了周围邻居，大家纷纷来看这个在娘胎里待了快两年的婴儿。孩子的爹娘正发愁给孩子起个什么名字，这时门外来了一位器宇轩昂的长者，他满头银发，两眼炯炯有神。他听说南海边的村里出了一个怪孩子，特意赶来看看。正逢众人为了起名字左右为难，这位长者捋着胡须开口道："就给他起名为'因'吧。"

长者见众人不解，便解释道："这孩子待在娘胎里快两年，又如此巨大，不就是'口'里一个'大'字吗？"

众人方才明白，从此这孩子就被人们叫作"因"。农户夫妇对长者感激不尽。那丈夫问长者："不知老先生尊姓大名？将来孩子长大定来报答！"

长者挥挥手说："我随风来之，又随风去之。"

农户夫妇再三请教，长者微笑着说："希望这孩子长大后能为百姓多做些有益的事，这就是对我最好的报答。如要记住我，就记住'民'吧。"说罢飘然而去。

以后每当南方有风吹来时，农户夫妇总会对因说："是你民伯来看你了！"久而久之，这里的村民们都称南风为"民"。

因从小身材高大，有一双极其灵敏的耳朵，能辨别出村庄方圆几里地内的各种声响，哪怕是到了月夜时分，因也能分辨出田野间的虫鸣声、谷穗摇曳的沙沙声、远处浪涛拍岸的海浪声。南禹山村民平日大多以养牛羊为生，村中偶尔有无意走丢的牛羊，热心肠的因经常凭借着自己的顺风耳帮助村民迅速地寻找到它们的踪迹。

这一年，风生兽又出来行凶闹事。刹那间，平地掀起百丈狂风，狂风所到之处，方圆百里一片灰蒙蒙的，什么都看不见。

村民们纷纷携家眷逃跑，因的父亲也带着妻儿一起离开家乡。一路上，因看见不少乡邻倒下，还有不少牲畜被抛向天空，又被重重摔在地上，有摔死的，有被风生兽吃掉的，真是惨不忍睹。

因愤怒极了，大声问父亲："难道我们就这样永远任凭妖怪宰割？！"

父亲回答道："多少英勇的将士都战不过这风生兽，孩儿且不要逞能，还是快逃！"

因想了想，说："父亲，你们年老体弱，你带着母亲先走，我在后面护着。"

父亲见因说得有理，点点头，带着妻子走在前面。

父母刚走，因就转身躲在山坡的后面，仔细观察风生兽的行踪，心里盘算着怎么才能战胜它。因发现风生兽有个特点，就是每次行动之前会先把那对长长的牙齿往前探一下，然后再席地卷来。要是能击中它的牙齿，不就斩断了它的触角吗？

因悄悄拿出随身带着的弓箭，朝风生兽的嘴巴射去。

此时，风生兽刚伸出一对锋利的牙齿，回头却撞见因从远处射出的长箭。风生兽一惊，连忙跳起来躲避，就地一滚，巨齿被

生生折断一只，口里顿时鲜血直流。

　　风生兽又羞又愤，它还从来没有失败过，于是一头向山腰撞去，"哗啦啦"一声巨响，那座高山竟被风生兽撞成两半。高山一倒，露出一个乱石嶙峋的大窟窿，顿时地下河从碎裂的山石中奔涌出来，与地面的河流汇集，向附近的村庄袭去。周边村庄很快成了水泽国，洪水一片泛滥。

　　因见状急忙退到另外一座山坡上，他无论如何都没想到，风生兽会来这么一下，因束手无策了。当他抬头再去寻风生兽的行踪时，风生兽早已跑得无影无踪。

　　因的父母见儿子迟迟没有赶来，知道不妙，连忙回身去找，只见山洪暴发，根本就回不去了。

　　过了好几日，因才慢慢找到父母。父亲听了儿子的叙说，把因劈头盖脸地骂了一顿："不自量力的东西，你看看你闯下的大祸，害得多少村民流离失所！"

　　因低头跪在父亲面前，一句话也说不出来。

　　站在旁边的母亲心疼不已，连连劝说道："孩子也是一时心急，见风生兽老是欺负百姓，才忍不住的。还好保得性命，儿呀，以后一定要小心，不能擅自行动！"

　　因点点头。

　　父亲又说："现在这妖怪受了伤，等伤好之后肯定要出来报复，那时你怎么办？这么多村民又怎么办？"

父亲的担心正是因的担心，因沉默了。

母亲一听也急了，她问丈夫："能不能想想办法？要不我们逃到北方去吧。"

父亲回答道："我们再逃也没此兽快，它日行千里，大概还没等我们逃到北方，它就把我们吃了！"

"那怎么办？"母亲担忧地问。

父亲思虑了半天，转身对母亲说："你还记得孩子出生那年到访的那位长者吗？"

"是不是那位叫'民'的长者？"因的母亲想起来了。

父亲又说道："这位长者看上去不是一位简单的人物，我们把因交给他，让他教导因，肯定会有收获的。"

母亲点点头表示同意，但是又疑惑地问："那我们怎么去找民伯呢？他来无影去无踪的。"

父亲从怀里拿出一只细长的盒子给因："这是当年民伯留给我的东西。"

因打开盒子一看，里面原来是一只手掌般大的细长海螺，螺身无孔洞，螺尖处刻有一个圆锥形的小口。他疑惑地问："这是什么？"

父亲解释道："这是民伯留下的口哨，如果想找到他，只要拿起口哨朝南方吹就可以了。"

于是因爬到一座高山上，拿起哨子吹了好几次，可是不见民伯的踪影。他突然想起，民伯从南方来，莫非要等南风刮来时，

方才有效？

一连好多天，因都站在山坡上聆听风向。终于有一天，海上刮来了南风，因高兴极了，拿起口哨就朝山上跑去。他在南禺山山顶朝着南方一个劲儿地吹，响亮的哨子声响彻云霄。

就在这时，云端深处飘来一位白发银须的老人，他轻轻飘到因的身边停下了。因惊喜不已，连忙作揖问："请问，来者是否是民伯？"

长者微笑地看着他，回答道："你是因吧，这么多年没见，长这么大了。"长者拉着因的手，上上下下看了半天。

因是个急性子，见民伯没回答他的问题，急忙又说："我听父母说，我的名字就是您起的。现在我们家乡遭灾，请民伯教教因儿。"

其实民早知道因大战风生兽的事了，这次前来是想收因为徒弟。民伯想了想，问因道："跟着我学习会非常辛苦，你愿意吗？"

"愿意！为了铲除风生兽那妖怪，解救黎民百姓，再苦我也愿意！"因紧握拳头坚定地说。

民点点头，收下了这个徒弟。

自从因拜民伯为师后，他天天在南禺山山顶潜心修炼。有一天，因发现对面山上有块大石头，每遇到狂风大作时便轻轻飞起来，如同飞燕，等大风过去，这块石头又伏在原处。因不由得暗暗称奇，于是留心观察起来。

因向民请教："师父，这到底是什么原因呢？"

民笑而不语，然后拿出一只小巧的哨子放入口中，只听一声犀利的哨声，面前那块大石头动了起来，飞上天空之后，转眼变成一只雄鹰。雄鹰朝上深深吸了两口气，然后仰天喷出。顿时，狂风骤发，飞沙走石。民又吹了一下哨子，声音变得清脆起来，风也立即变得柔和起来，似飞翔的燕子一样围在因和民的四周。最后，民把哨子一吹，风立刻停下了，什么雄鹰、燕子，一概不见了。

因连忙跪地恳请师父将这宝贝借给他。民微笑着说："这宝贝早已赠给你了，那只海螺状的口哨就是当年我亲手做的。"因拿出贴身携带的口哨仔细地端详起来。民告诉因："这不是普通的哨子，是通五运气候的风哨。"

"风哨？"因好奇地问。

"是的。"民点点头答道，"风哨不仅能移物变形，还可凭气流的大小来致风和收风。"

民教导因，风虽然会给人们带来灾难，但也会给人们带来幸福。比如：在春天时，和煦的春风可以给大地带来温暖；到了夏季，清凉的夏风还可以为人们吹走暑气；到了秋天，凉凉的秋风又可以给大地带来一片金黄。

"可是，冬天呢？"因不解地问。在他的心目中，冬风最可恶了，它只能给人们带来寒冷和饥饿。

"冬天可以把风驱使到虫灾泛滥的地方，让过冬的毒虫无法生

存，来年农田就可以丰收了。"民说到这里停顿了一下，指着哨子说，"当然，你也可以收风呀，凝神屏息吸气就可以让风止住。"

使用风哨不仅要勤练口技，还需靠双耳来精准判断风的走向和强度，以便更好地控制风向和气旋。因天生具有灵敏的听觉，又勤于钻研，不久便掌握了风哨的使用方法，还从中默默思索打败风生兽的办法。

过了好几个月，海边又出现了风生兽卷土重来的踪迹。因拜别民伯，下山直奔南海而去。

风生兽自从受伤后，发誓要踏平所有的村庄，吃掉所有的家畜。它休养了几个月后，越发凶猛了，除了那颗断了的牙齿，身体其他部分比原来更加强壮了。

风生兽气势汹汹地向南禺山一路飞过来，见房屋就推倒，见人和畜就扑过去，沿海一带真是生灵涂炭，伤痕累累。

因不日便来到南海边。风生兽得知因赶来，心中的仇恨顿时直冲九霄。只见它双臂一挥，刹那间，海面上浊浪滔天；它再朝天空一挥，白云被淹没，只有乌云密布。沿岸的村庄遭遇剧烈的震动，海浪以摧枯拉朽之势迅猛地袭来，瞬间人们都被吞没在巨浪中。

天色也逐渐暗沉下来，一场倾盆大雨伴随着海啸将至。因见情形不对，飞快地跑到山上，取出风哨立即改变风的走向，想将拍岸巨浪反逼回海中。

"呜——噜——，呜——噜——"因还没完全用风哨稳住风势，哪想到风生兽这次不打算用水战，而是用火攻。它转身面向群山扇动翅膀，只见满山环绕的树木被点燃了，火又借风威，炽烈地直扑大地。火焰吞噬着村庄，房屋和庄稼被烧成一片焦土。

因心中暗叫不好，自愧还是低估了风生兽借机发挥的本事。因定了定心神，调畅气息，端正唇齿，用风哨驾驭起一块身边的大石。转瞬间，石头变化成一头勇猛的猎豹，挥舞着锋利的爪子向风生兽扑去。风生兽暂且收拢翅膀，停下对山林的煽风点火，回头面向猎豹就猛烈地厮打起来。因用风哨控制着猎豹的每一步进攻，猎豹虽不及风生兽高大，但胜在身形迅捷，几个来回就耗费了风生兽不少精力。

风生兽见占不到上风，仰天一声大吼，张开血盆大口便向猎豹迎面撕咬去。说时迟，那时快，等那风生兽靠近时，一声悠长的滑音从远处传来，疾风奔驰的猎豹竟然化成一条巨蟒，吐着血红的信子向风生兽摇曳而来。

风生兽根本就没防备，它没料到因会使出这招，迟疑了一会儿。只听见因吹出一阵尖锐的回旋音，巨蟒狠狠地甩出巨尾向风生兽的胸口抽去。风生兽被巨蟒抽得生疼，一个踉跄没站稳，身体倒地滚向山的一侧，临山的树木被撞得纷纷倾倒下来。

此刻，连续急促的颤音萦绕在风生兽的周围，巨蟒舞着长长的身子，顺势向风生兽袭去，随即牢牢缠绕住风生兽的翅膀和四肢。风生兽拼命地挣扎，想要摆脱巨蟒越来越紧的束缚。

因哪肯放过这么好的机会，清澈的哨声顿时响起，随后又接着一声声激越铿锵的叠音。地上原本零落的树杈被惊得即刻飘起在半空，随后如同一簇簇锋利的箭朝风生兽飞射而去。风生兽被树枝击中要害，只能发出低沉痛苦的哀号，躯体慢慢地不再动弹了。

这时，因呼喊躲在山中避难的村民前来一起帮忙，有的用大刀，有的用长矛，还有的用匕首，顿时把风生兽斩成几段，让它从此再也不能害人。

因告诉大家，不要把风生兽的肉身扔掉，因为它浑身都是宝。它的皮可以植皮接骨，它的肉可以治病，它的脑子还可以让人起死回生。

村庄里的人们欢呼起来，纷纷把风生兽的肉割下来拿去治病救人。村庄上空的乌云也慢慢开始散开，一时间，万物都变得鲜活、生动起来。蓝天又重回大地，明媚的阳光斜照着村庄，天边出现了一道如梦如幻的七色彩虹，整个村庄像涂上了一层金色的光芒。

人们高兴地把因抛到空中，称他为英雄"因因乎"。

除去了凶恶的风生兽，厉风和旋风不再残害百姓，但因因乎知道自己的任务还没全部完成，他牢记民伯对他的教导：要想让家乡长治久安，就要保障风调雨顺。

南海边的气候常常令人难以捉摸，因因乎从此在南禺山山顶安了家，为百姓掌八风消息，通五运之气候。春暖花开时，因因乎便吐出一股气流，让和煦的春风吹满大地，让田野布满绿色；夏日炎炎时，因因乎拿出哨子，朝四周一吹，清凉的夏风从他口中缓缓流向各大村庄，赶走炎热的暑气；寒风凛冽时，因因乎马上拿出哨子，朝着寒流一指，西北风就乖乖地被收入哨子里。

经过几年的时间，因因乎已经熟练掌握主管风起和风停的技巧了。从此，南海边再也没有狂风带来的灾难，人们也不会用血淋淋的磔狗的方式，去祈求风停风息了。

和煦的春风，清凉的夏风，舒适的秋风，收敛的冬风，给因因乎的家乡带来了丰收，使那里变得非常舒适宜居，流离失所的人们都纷纷回到南禹山。每逢四季变更、时节更替，当人们凝望着高耸入云的山顶时，仿佛都能听到因因乎远远传来的风哨声，似青云出岫，不知来处，亦不知去处。

故事取材

《山海经·南山经》

原文：又东五百八十里，曰南禺之山。其上多金、玉，其下多水。有穴焉，水出辄入，夏乃出，冬则闭。佐水出焉，而东南流注于海。有凤凰、鹓鶵。

译文：从禹山再往东五百八十里，是南禺山。山上盛产金属矿物和玉石，山下有很多溪水。山中有一个洞穴，水在春天流入洞穴，又在夏天流出洞穴，在冬天则闭塞不通。佐水发源于此，然后向东南流入大海，佐水流经的地方有凤凰和鹓鶵栖息。

鹓鶵（清·《禽虫典》）

传说中的一种鸟，和凤凰、鸾鸟是同一类。

《山海经·大荒南经》

原文：有神，名曰因因乎，南方曰因乎，夸风曰乎民，处南极以出入风。

译文：有个神人名叫因乎，南方人单称他为因，从南方吹来的风叫作"民"。他处在大地的南极，主管风起风停。

因因乎（清·汪绂图本）

古代的四方神之一，常在南方负责主管风起风停。

肩吾

朵朵 文

西南四百里，曰昆仑之丘。

是实惟帝之下都，神陆吾司之，

其神状虎身而九尾，

人面而虎爪。是神也，

司天之九部及帝之囿时。

[山海经·西山经]

肩吾朝东立在昆仑山最高处，九双眼睛，犀利有神。

风从树梢间穿过，拂起肩吾通身的绒毛。他的九张脸左右转动，环顾四周；一条尾巴此刻垂了下来，服帖在臀部一动不动；九个鼻子轮流嗅了嗅，嗅到仙气中夹杂着一丝陌生的气息。

今天是哪位英雄爬到山上来了呢？天帝不来昆仑山度假时，除了西面的凤凰、鸾鸟和他们身上的蛇，东面的几位巫师、神医，以及他自己的助手土蝼外，山上再无其他人或动物。平常能登上昆仑山的凡人，八百年也不到两个。肩吾心里常常期盼多一些凡人登山来访。

他"呼呼"甩尾，看上去像有一个陀螺在屁股后转动。转动九下时，他已嗅到来人是从西边而上，便腾云驾雾来到昆仑山西边的大门前。昆仑山有九扇神奇的大门，每一扇门都有一个天庭密码，破解一个开一扇，肩吾会出一个谜语，猜出谜底的人才能进山，谜底即为入门的天庭密码。

山顶下悬崖峭壁，怪石嶙峋，常人根本无法攀爬。山上遍布参天大树，奇花异草上千种。凡人若能攀上山顶，不但能有机会与天帝见面，而且能长生不死。许多人带着梦想频频来到山下，几经尝试终不得成功。仰望着高耸入云、看不到顶的山峰，渴望攀爬的人更觉得其神秘莫测。他们多有不甘，来来往往，反反复复，执着而坚定。

肩吾为专管昆仑山的山神。

肩吾的九个脑袋中，最大的那个是主脑袋，上面顶着八个小脑袋。九个脑袋的每一张脸相貌迥异，表情也各不一样。十八只眼睛骨碌碌地转着，在同一个时刻可以朝不同的方向望去，洞察山上的一切动静，任何一丝异样都逃不过他似剑的目光；十八个鼻孔嗅觉灵敏，能辨别出山下二百米外的来者是人是神还是妖；十八只耳朵聆听八方，山上方圆八百里内蛇爬动的声音也逃不过他的任何一只耳朵；九张嘴能同时说出不同内容的话，他主脑袋上的大嘴通常吃仙草，其余八张小嘴只吃仙气和雨露。

今天，他嗅到了陌生的味道。窸窸窣窣的脚踩树叶的声音从西边渐渐传来，戛然而止时，肩吾听出那是正在栖息的凤凰起身站立，身上缠着的蛇滑落吓到了来人。土蝼"哞哞"喊着在前面领路，他从来人的气喘吁吁中嗅到了兴奋与惊恐。等来人走到大门口时，肩吾把九双眼的目光投过去——

那不是人，虽然他长着人的模样。

肩吾不动声色地盯着来人。一片叶子从树上斜飘下来——山上的气候渐渐变凉，时不时有渐黄的树叶轻飘飘落下。那人擦去额头的汗水，始终不敢抬头看肩吾一眼——九双眼睛盯得他瑟瑟发抖。肩吾的主脸露出一丝笑，其他八张小脸表情不一，有的紧锁双眉，有的一脸不屑，有的"嘿嘿"直笑，有一张还不小心流出了口水……他九张嘴可以同时发声，但此时只有主脸的嘴在说话，其他嘴发出的声音，像是和声那样"咿唔嘿呀"地低声伴奏。他给来人出了谜面，应答者有三次回答的机会。

"红红果，怦怦跳。裹屋里，赛珍宝。"

那人沉默半天，说出一个"桃核"。

肩吾九个脑袋都摇了一下。

"胎儿？"

"错！"

"日头！"

未等肩吾回答，那人已变成一只豪猪，"嗷嗷"叫着滚到昆仑山脚下。答不出天庭密码的妖怪，会被立刻打回原形，从哪儿来，回哪儿去。

肩吾失望地甩甩尾，站在最高处，威风凛凛。他每天往山下俯瞰无数遍，心想：天下百姓的数目多过妖魔鬼怪，怎么每次登上昆仑山的都是妖怪，就没有一个人能登上山顶？人的胆量不如妖吗？

他的九张脸由五花八门的神态变成同一个严肃的表情，落寞的情绪在心里停留片刻，随后甩尾迈腿进宫，去准备天帝即将前来度假的各项大小事宜。

鹑鸟们在宫内来回穿梭，她们的嘴上衔着天帝的衣裳，你抛我接，一条裤子不小心套在刚进门的肩吾头上。肩吾摇晃着脑袋说："哟吼，遮住我八张脸，以为我看不见吗？不过视线差远了。"说完，八个小脑袋猛然扬起，把衣裳抛到尾巴上旋转起来。一只鹑鸟飞来啄起衣裳说："吾老大，您可别把衣裳弄臭了，到时反倒怪罪我！"肩吾听了，九张嘴一同"嘿嘿"笑着说："不怪你，不怪你，不怪你啊不怪你。"听上去像一群人在齐声朗诵。

鹑鸟把洗过的衣裳挂在庭院里晾晒，如果衣裳色泽变暗，鹑鸟便用身上的彩色羽毛再染一遍，衣裳瞬间变得跟新的一样靓丽。为了时刻保证衣裳带有太阳、神草、仙花的香味，鹑鸟们得隔三差五就把天帝所有的衣裳轮流拿出来翻晒。有一次，肩吾到天帝的卧房视察，还在门口未进入，就感到一丝带潮味的空气扑面迎来，他便皱着大大小小九双眉说："皇毛们，所有衣物、床上用品三日内统统洗晒干净，你们身上的羽毛也统统洗干净！"肩吾称雌鹑鸟为皇毛，掌管天帝衣裳的雌鹑鸟有很多，他按大小称呼她们为皇毛大、皇毛二、皇毛三……掌管餐具的为雄性鹑鸟；掌管工具和器械的为土蝼，他的随身助手为土大，是土蝼里的头儿。

"就你吾老大喜欢吹毛求疵，头多的人就是事多！"皇毛六嘴上虽这么说，但是她与鹑鸟们却个个不敢怠慢。

为了保持餐具的洁净，在不使用期间，肩吾也要求鹣鸟们隔天进行清洗。如果餐具上残有一滴水，鹣鸟必须接受严厉惩罚，屡教不改者，打入凡间重新修炼。

曾有一只唤作"土七"的雌土蝼，非常羡慕鹣鸟能出入天帝的卧房。她抢着与鹣鸟一起洗晒叠衣，皇毛六唯恐土七身上的臊味沾臭了龙袍，便急令她离远一点儿。土七不服，偷偷在天帝的龙袍上拉了一泡尿。皇毛六衔着臭熏熏的龙袍禀告肩吾，肩吾被熏得九张嘴直吐口水。那土七原本巴望着皇毛六得到惩罚，最后却落得自己被贬下凡的下场。

昆仑仙境到处是奇珍异草，吃了能让人长生不老。山上皆为神仙，天天看见，不足为怪。而山下百姓想求一草，想见天帝，难如上天。肩吾守门，把妖魔鬼怪挡在门外，然而自一千年以前，后羿登山取不死药以及九位巫师、神医登山后，却再没有接纳过任何一位勇者。

神在天，人在地，隔着层层悬崖，怎能相通？中间若相连，方成天上人间。

"吾老大九脸严肃，又是哪里出差错了？"皇毛六叼着一件黄袍飞过肩吾头顶问。

"怎么通……"肩吾九双眼看着远方说。

"什么通？"皇毛六落在肩吾身边，彩色羽毛婆娑在身后，阳光照射其上，发出七彩的亮光。

肩吾的主脑袋问："天上人间怎么通？""怎么通？怎么通？怎么通……"其余八张小嘴跟着问。皇毛六听后，沉思片刻，提出自己到凡间去一趟。肩吾一听九张嘴同时说："嘿，现在正当繁忙之际，哪有空去闲逛，你真想得出！不允许！"

"你不懂，"皇毛六转过身，一袭羽毛扫过肩吾的九张脸，"我是替你去了解凡间百姓的生活的，以便帮助有需要的人登山求得神力，又不是去玩！"

"这倒不错。""不错，不错，不错……"八张小嘴齐声应着。肩吾九双眼睛一同露出惊喜，然后对皇毛六如此这般交代了一番。

正说着，肩吾嗅到有人登上山来。他"呼呼"甩尾，看上去像有个陀螺在屁股后转动，转动九下时，他已嗅到来人从北边而上。没多久，果然有人上来。肩吾嗅到一股妖味，不免失望。

助手土大把那人领到跟前，是一位绝色美女。她不声不响，只在肩吾跟前吟唱起舞，歌声甜美，身姿轻盈，不禁让肩吾的九双眼睛看得目不转睛。舞罢，她抬起小脚说要进山。肩吾说："等等，报上天庭密码。"

那女子不做回答，只冲着肩吾甜甜地笑。

"我只是前来为山神歌舞，不求神草。"她瞥了一眼皇毛六飞去的背影说。

"红红果，怦怦跳。裹屋里，赛珍宝。说出天庭密码。"

"那是进宫殿后的我。"女子说。

"臭美了吧，错！"

"就是进宫殿后的我。"

"少废话，说密码！"

"谁说密码不是进宫殿后的我呢？"女子红扑扑的脸蛋上满是笑容。

未等肩吾回答，那女子变成一只土蝼，滚落到山下。原来是一只土蝼精，领她到门前的土大露出一脸怒色。

青丘山上空，一只红凤凰绕着村寨盘旋几圈。一位名叫凡古的男子仰头看见，慌忙跪下，对着凤凰连连磕头。

肩吾踩着落叶，与助手土大一前一后朝宫殿走去。

"想迷惑我，没门！"肩吾的大嘴嘟囔道。

"刚开始差点被她迷住。"肩吾的另一小嘴说。

"好在妖气刺鼻，被我嗅到。"又一张小嘴说。三张嘴同时说话，加上另六张嘴在哼哼嘿嘿，嘀嘀咕咕，旁人根本听不清他在说什么，身后的土大也无法听清肩吾到底在讲啥，不过他早已习以为常，反正看到肩吾高兴，他就高兴。

风中又传来一股陌生的气味，肩吾就地转一圈，嗅了嗅，忍不住寻着气味来到东边。那里有九位巫师、神医对着肩吾弯腰问候，肩吾停下来看看他们，甩甩尾巴，绽开九张笑脸表示回应。九位充满智慧和胆量的凡间男子，能够登山并猜出九个天庭密码，通过九扇门，绝不同于常人，他们分别于一千年前的不同年份登上山顶。目前为止，昆仑山上常住的，就这几位巫师、神医长得人模人样，其他的包括肩吾自己都是怪模怪样的兽。肩吾希望巫师、神医越多越好，不仅能够帮助更多天下的百姓，还能让充满灵气的昆仑山人气更加旺盛。

肩吾转悠几圈，大嘴叼着一根仙草，踱步到东门口守候。没多久，助手土大带来一个男人：发髻后梳，露出高高的额头，上面沾满汗珠，有一滴汗水淌到眼睑，看上去像是炯炯眼神下的一滴眼泪，淡蓝色长袍的腰间系着黑色束带。肩吾最左边的小嘴暗暗叫声"好"，九双眼睛齐刷刷地看过去。那人满头大汗，气喘吁吁，走到肩吾面前拱手作揖，禀明自己叫凡古。

"红红果，怦怦跳。裹屋里，赛珍宝。请说出天庭密码。"肩吾九张脸露出相同的微笑，九个脑袋全神贯注地望着这男人。

"心。"凡古手抚心口说。

密码正确，第一扇用各种鲜花搭成的大门徐徐打开了，几十朵大花小花纷纷掉落，落在那凡古身上，钻入他的发髻。发髻插满鲜花是通过第一扇门的标记。凡古双眼放光，连忙道谢，跨步前去，只觉天高云淡，满目葱茏，清香扑鼻。

"四五枝丫不开花，天寒地冻都不怕，有须无叶不入土，小小树儿遍天下。请说出天庭密码。"肩吾刚说完，就嗅到北门有妖气，他幻化出另一个身子站到北门时，果然看见之前被打回山脚的土蝼精又返回来了。那美女笑容满面，娉娉婷婷走过来。

"别说你是土蝼，快到没人看见的地方去！"助手土大冲上去，用犄角用力顶撞，他没工夫看她唱歌跳舞浪费时间，因为还有一堆工作需要他去做。

"足。"东门这边的凡古指着自己的双脚回答道。

密码正确，第二扇门由几百只树鸟叠在一起搭建而成。肩吾用小嘴吹一声口哨，再换一张小嘴吹两声口哨，最后换大嘴吹三声口哨，只见拱门最顶部的树鸟欢叫着飞起来，一只、两只、三只……树鸟们开始一只只散开，鸟儿门在翅膀扑棱声中消失。一只树鸟站立在凡古的肩膀上，这是他通过第二扇门的标记。没有肩吾的三次口哨，树鸟叠成的门可以一日一夜纹丝不动；没有肩吾的三次口哨，想要闯入的人也会被树鸟啄个半死。凡古的心怦怦直跳，眼前的仙境他无心欣赏，只是想着下一个密码会是什么。

"小时摔跤哇哇哭，长大摔跤暗暗哭，老了摔跤不会哭。"
"人。"

凡古没有看到第三扇门，他内心一紧，想必是猜错密码了吧。正失意之时，远处那从天而降的瀑布缓缓劈成两半，中间一堵石墙徐徐开启。肩吾手握一个水球往上抛，同时"哈哈"笑着，水球在九个脑袋间跳跃翻滚。凡古的后背有一片水布垂直而下，那是一件水披风，是通过第三扇门的标记。肩上的树鸟低头在凡古身后啄水，凡古反手摸摸水布披风，手湿了，而他的衣服却滴水未沾。

凡古披着水布披风，穿过一片参天大树的丛林，水布披风被树枝划破，瞬间又完好如初，树鸟飞在前面给他带路。走了半晌，眼前出现一座发出色彩斑斓光晕的宝石山。太阳光照射过来，一个一个彩色的光圈如气泡般飘浮在周围，强烈的七彩光刺得凡古睁不开眼，让他根本无法前行。耳边传来肩吾的声音："九座山头六十四个洞，山山七洞心连心，四十五个丰润，一十八个干，个个洞口可闭关。"肩吾的谜语从来都是即兴而作，想到什么就说什么。

"此乃昆仑山山神肩吾之九首。"凡古想了许久，禁不住大笑着回答。

感觉到刺眼的光芒在眼前消失时，凡古张开眼，站在原地不敢动。他发现自己身上发出五彩的光晕，这是他通过第四扇门的标记。树鸟指引他继续前行，领他走进一片开满细花的长生不老草地。凡古蹲下来，摸摸这人间见不到的长生草，只嗅了嗅，然后起身继续往前走。走过广袤的长生不老草地，渐渐地，天空变得越来越红，适宜的气候开始炎热起来，让人呼吸困难。只见一堵高耸入云的火墙挡住了去路，肩吾像从火中出来一样，跃到凡古跟前说出谜语。凡古汗流浃背，说了三次答案，终于正确，火墙像一块幕布一样朝远处的天空飘去。凡古的额头上留下一束小火团，这是通过第五扇门的标记。

凡古的胆识、从容和智慧，使得肩吾心里暗暗佩服。

凡古跟着树鸟继续前行，走到山的边缘，无路可走，往下望去，是一个万丈深的大峡谷。山体被一圈红一圈橙一圈黄一圈绿一圈青一圈蓝一圈紫的彩色土壤围绕着。肩吾摇晃着尾巴，趴在一朵云上，大嘴咀嚼完一株仙草，吐出了九句话。凡古在听到第七句时，心里便有了答案，密码很快就猜对了。肩吾用尾巴在云上扫了三下，扫出一朵大云，让凡古登上去，凡古犹豫片刻便鼓足勇气一跃而上——脚踩祥云是通过第六扇门的标记。

凡古腾云驾雾跨越大峡谷，落到对面的山上。这里云雾缭绕，玉树琼林，树上结满宝石，有的宝石落在花草丛中，闪闪烁烁，熠熠生辉。凡古没有停留，他随树鸟穿过一条金光大道，走着走着，光芒渐渐消失，天色逐渐变暗，变暗，再变暗，周遭变得一片漆黑，凡古置身于一片黑暗之中，无法前行。他问树鸟怎么走，树鸟没发声。黑暗中传来肩吾的声音："你登山是为求长生不老吗？"

"不，我是为村寨的大事而来。"

"什么大事？"

"十多年来，我们村种出来的稻子粒粒空扁，内无一点儿米粒。老百姓食不果腹，只能依赖野果、青草填肚子。我们到处求教，天天跪地祈求土地老爷，皆无果。土地老爷只告诉我们，说昆仑山有一棵巨大的稻子，只要摘三粒神稻回来种下，一切将迎刃而解。九年来，去登昆仑山的不下百人，八九成一去不返，返回者也是摔得遍体鳞伤，不能耕作，之后再无人敢前往。我练功三年，今日成功登山，恳请您指路，并保佑我把神稻带回，以让我们种下的稻子颗粒饱满，造福后代。民以食为天，我们全村寨的乡亲将感恩不尽，永世不忘！"

"还有呢？"肩吾问。

"没有了。"

"假如帮助你实现五谷丰登的愿望，你还有其他要求吗？"

"没有……"

"真的没有？"黑暗中，凡古听出肩吾是用九张嘴同时发问的。

"没有。"

"假如帮助你实现五谷丰登的愿望，你还有其他要求吗？"肩吾再次发问。

"没有。"凡古低声说。他抬眼看看，四周一片漆黑，这第七扇门在何方？

"这个问题的答案是天庭密码，你回答了两遍皆不正确，还有一次机会，答不出将前功尽弃，黑暗之门不会再为你打开。"肩吾一字一顿，铿锵有力的声音回荡在黑暗之中，"假如帮助你实现五谷丰登的愿望，你还有其他要求吗？"

"……想带几株长生不老草，给自己和家人吃。"凡古为自己的回答冒出一身冷汗，他因不能为全村寨的乡亲带仙草而感到一丝不安。等他说完，一丝光线漏进来，慢慢地，光线变得更亮。

眼前的黑暗像巨大的黑幕被徐徐拉开，他的左手背上留下了一块黑色印迹，这是通过第七扇门的标记。

树鸟扑棱着双翅，站在凡古的肩膀上欢叫。不用它带路凡古也知道路，因为往前去的仅有一条开满仙花的小径。各色蝴蝶、蜜蜂在忙碌地采撷花粉花蜜，阳光时隐时现，四周仙气缭绕，清香扑鼻。行至半道，凡古眼前出现一条盘龙，头朝上尾朝下成"7"状。龙的另一侧有许多凤凰，婆娑的七彩羽毛组成一堵羽毛墙。凡古看见肩吾盘坐在地，大嘴上衔一根凤羽，九双眼睛笑眯眯地看着他。凡古明白，这龙凤门应该是第八扇门。等肩吾说出谜语，凡古答出答案后，肩吾只用一双眼睛使了一个眼色，神龙便腾空而去，凤凰们也一只一只飞散开来。肩吾把嘴上叼着的七彩凤羽插入凡古的发髻，这是通过第八扇门的标记。

凡古迈步进入龙凤之门，眼前是一望无际的天空，厚厚的白云悬在半空，他感觉自己像站在无边无际的云海岸边。凡古四下望去，只见肩吾半躺在一朵云上笑而不语，凡古等了半天也不见肩吾说话。突然，一望无际的天空裂出一条缝隙，瞬间，缝隙拉得更大，里面飘出袅袅的彩色仙气。肩吾吐出九个舌头，禁不住哈哈笑起来："兄弟，恭喜你穿越所有大门。你身上有通过八扇门的标记，凭标记你可以通过最后的天门。进去吧，凡间的勇士，祝贺你！"

凡古听了，愣在原地沉默半晌，随后翻了一个跟斗大叫一声：

"啊哈，只有凡古，啊哈——"他纵身腾云驾雾，声音震得云海颤抖。肩吾的大嘴"扑哧"笑出来："先别得意啊兄弟。"其他小嘴也同时说着话："悠着点！""没脱凡气的家伙，事没办成就在那嘚瑟。""一个跟斗显露出你的底细。""凡人就是好激动。"肩吾说话的唾沫星子喷满天边，地上的人纷纷仰起头说，好好的晴天怎么突然下起毛毛雨了。

肩吾命树鸟把凡古领到巨稻旁。这株稻子非同寻常，它高耸入云，粗壮得需五人合抱。

凡古在神稻旁，不多不少按土地老爷说的摘下三粒，藏在贴身处。

第二年春天，凡古把神稻种下。没过多久，就结出稻穗，那些稻子在当年的秋季粒粒饱满。

凡古回想起登山的种种，为自己竟有如此勇气和胆略感到惊奇。忽然，那只他跪拜过的红凤凰在他脑中一闪：是不是那红凤凰给了自己魔力？过了很久很久，也没有任何神或人告诉他答案。他不知道，那红凤凰便是皇毛六。皇毛六下凡后看到挨饿的百姓，便按肩吾的交代，选了富有正义感的勇士凡古，施予他登山的力量。

昆仑山的神兽万物，个个尊重肩吾，但是那只没能进山门的土蝼精，却像一只蚊子般时常来骚扰他。这只土蝼不是别人，正是被贬下凡的土七！对于被贬下凡这事，她怀恨在心，于是便在修行千年成精后重返回来复仇，可惜未果。肩吾把土蝼精紧关于石山中，命其重新修炼。

　　静谧的昆仑山，一轮红日从东方升起。

　　"吾老大九脸严肃，又是哪里出差错了？"皇毛六飞到肩吾身旁，朝霞映在她彩色的羽毛上，照得地面光芒万丈。

　　"皇毛六，我知道这么早必是你。"肩吾转过身，九张大脸小脸、九双大眼小眼一齐望向皇毛六，尾巴在身后如章鱼触手般轻柔地甩来甩去，挡得地上的霞光时隐时现，闪闪烁烁。

故事取材

《山海经·西山经》

原文：西南四百里，曰昆仑之丘。是实惟帝之下都，神陆吾司之，其神状虎身而九尾，人面而虎爪。是神也，司天之九部及帝之囿时。

译文：往西南四百里是昆仑之丘，这里是天帝在下界的都邑，由天神陆吾主管。这个天神有着老虎的身体却长着九条尾巴，有着人的面孔却长着老虎的爪子。这个天神管理天上九个区域的疆界和天帝苑囿的时节。

陆吾（明·胡文焕图本）

陆吾就是肩吾，掌管天帝在人间的都城，是天神之一，他形似老虎，却长着人的面孔，据说有九个头。

陆吾（明·蒋应镐图本）

据说陆吾还有另一种形象：他有着老虎的身体和九条尾巴。

西王母

黄华旗 文

又西三百五十里，曰玉山，

是西王母所居也。

西王母其状如人，

豹尾虎齿而善啸，蓬发戴胜，

是司天之厉及五残。

[山海经·西山经]

西王母

空中出现了一个鸟窝。

从远处飞来的鸟窝在大风的狂吹下，越来越近了，且不断地旋转着，正在下坠。

山路上正行走着一位"妖形"女子，此女子人面虎牙，尖齿外露，身着红色裙袍，裙袍掩盖不了一条长长的豹尾，蓬松的头发上戴一枝玉簪。此女子，正是玉山山神。因玉山在昆仑山系的嬴母山之西，玉山山民便尊称这位女山神为"西王母"。此时，西王母已经注意到了空中正在下坠的鸟窝。

只听西王母如虎啸一般地长啸一声，鸟窝便停在了半空，不再下坠，也不再旋转。

跟在西王母身后的有两位侍女，分别是长臂和长腿。侍女长臂一伸手，便把停在半空中的鸟窝托在了手掌上，她拔开窝盖，发现里面有鸟蛋。长腿侍女走近一看，开始数，一、二、三，啊，总共只有三个鸟蛋。

"慈爱的西王母，您平时最喜欢把三危山上的鸾凤蛋当作早餐，这三个鸟蛋比鸾凤蛋稍大一点儿，您就把它们当作明日的早餐吧！"长腿侍女高兴地对西王母说。

"慈爱的西王母，这种鸟蛋看上去晶莹透亮，也定是非凡之物，吃起来味道说不定更好呢！"侍女长臂也讨好地说。

西王母点头表示赞同。

原来，玉山往西三百里的三危山上的树林中有一种鸟，名字叫鸾凤。这鸾凤鸟个儿不大，但生蛋很勤快。西王母最喜欢吃鸾凤鸟下的蛋，她平时的饮食主要就是甘露和鸾凤蛋。

第二天，西王母去吃早餐时，打开鸟窝草盖，恰看到了一只长着三条腿的小鸟正张开小黄嘴，口中还发出"啾、啾、啾"的叫声，向她要吃的。西王母笑了，二侍女也笑了。

长臂侍女看着鸟蛋说："慈爱的西王母，那您就把其余两个蛋吃了吧。"

"不！不！这等于杀死了两个小生命，我不忍心杀死它们，也不忍心吃了它们。吃下去会遭天谴的，也会遭地上的人怨怒的。"

西王母说："剩下的两个蛋和鸟窝一起交给长腿侍女保管，出壳的小鸟由长臂侍女照料，放在半个葫芦之中，捉虫来喂养。"

当晚，长腿侍女看了会儿圆圆的光亮的两个鸟蛋，小心翼翼地把它们放在自己的胸口，用自己的体温来孵蛋。过了一夜，第二只毛茸茸的小鸟从光亮的蛋壳里钻了出来。长腿侍女把第二只小鸟交与长臂侍女，长臂侍女又找来了半个葫芦，把新生的小鸟放入其中，并喂它吃小虫。

第三天，长腿侍女拿着剩下的一枚蛋，摸了又摸，看了又看，还对着太阳照了照，隐隐看到了蛋壳里边有水和毛。看得正出神的时候，西王母走到了她身边，她一紧张，鸟蛋脱了手，恰好被眼明手快的西王母单手接住，可把长腿侍女吓出了一身冷汗。西王母慈爱地抚摸了一下长腿侍女的头，并没有责怪她。

当晚，长腿侍女还是把鸟蛋放在自己的胸口，用自己的体温来孵蛋。

就这样，小鸟一一破壳出世，分别被安放在三个不同的半个葫芦中。西王母主仆三人天天围着可爱的小鸟转。小鸟一天一天长大，食量也一天一天增多。长臂侍女和长腿侍女发挥各自的优势，每天捉虫，喂鸟，忙个不停。西王母也常亲手拿捉到的虫去喂那三只小鸟，一个一个地喂，一遍一遍地喂，手都喂酸了。可喜的是，小鸟的叫声也一天比一天好听，从一鸟独鸣到两鸟合鸣，再到三鸟轮鸣。

小鸟的鸣叫声好听，西王母听得入迷，每晨必听，以致她懂得了鸟语，并能用嘴吹出鸟鸣声，与鸟对鸣，甚是欢乐。如此这番，西王母对小鸟爱之有加。西王母的住处，是一座在数十丈高的大树上建起的树宫，里面存放着小鸟最喜欢吃的莲树果和五谷杂粮等。

小鸟为一雄二雌，数月之后长成了三只奇鸟：它们有着青色的利喙、红顶的头和黑色的双眼，身披一色碧绿的羽毛，还长着三只青色的脚，三只脚呈等腰三角形分布，走路重心在前面两只

西王母

Chinese Mythology

149

脚上，后面一只脚起到平衡和辅助的作用。

西王母喜滋滋地对二侍女说："就叫它们'三青鸟'吧"！

三青鸟渐渐长大，二侍女为其做了鸟窝，挂在树宫内。不久，三青鸟生下一窝鸟蛋。

一天，三青鸟归巢，发现蛋不见了，焦急地鸣叫着。

原来，这一天，长臂侍女去三危山为西王母取鸾凤蛋，途中失手打碎了鸾凤蛋，她怕误了西王母的进食时间而受到惩罚，遂趁三青鸟外出寻食时，偷拿了三青鸟蛋以充鸾凤蛋。

西王母尝此蛋之时，发觉味道鲜美，与以往大异，倍加赞美，要长臂侍女多多取此"蛋"。

长臂侍女无奈，只得屡屡盗蛋，终于被三青鸟发现。三青鸟鸣叫不止，飞腾扑翅向西王母告状。西王母瞪着眼琢磨片刻便弄清了所告之事，得知近几日吃的是三青鸟之蛋，随即怒责长臂侍女。长臂侍女心中暗恨，不敢表露。

为平息三青鸟之怒，西王母施法术，取自己之精血还原三青鸟蛋，并罚长臂侍女看护三青鸟蛋。

西王母知错能改，三青鸟大为感动，数日在其栖息之处欢鸣不绝，且主动请求代替长臂侍女专为西王母前往三危山取其所食之鸾凤蛋。长臂侍女暗增恨意。

西王母感三青鸟之义，久之，不愿常常劳累三青鸟，遂决定离开玉山出游，前往三危山小住。西王母邀三青鸟同行，三青鸟执意不肯，表示愿在西王母出巡期间帮助守护树宫。西王母于是带着二侍女走了。

长臂侍女因受罚而怀恨在心，发誓要让三青鸟"绝后"，便趁着陪西王母外出巡游之机，暗中散布谣言："三青鸟是妖鸟，占了西王母的树宫，迫使西王母迁居。"她还唆使怪精火鸟潜回玉山，吐火焚烧西王母树宫，以嫁祸三青鸟。

大半个玉山被怪精火鸟点着了，花草树木在熊熊的大火中燃烧，飞禽走兽和山民们都东奔西窜，哀号着逃命，只有躲进了山洞的山民或湖水中的飞禽走兽才幸免于难。

英勇的三青鸟不顾烈火焚身，飞进山下的溪水中，口中喝满了水，羽毛上沾满了水，然后飞到空中，把口中和身上的水，洒到山上，试图扑灭大火。它们虽然力量有限，却毫不气馁，一次又一次不停地取水灭火。

长腿侍女远远望见那玉山火光冲天，烟雾弥漫，不由得心中大惊，立即禀报西王母。长臂侍女心中冷笑，却装作惊慌的样子。西王母得报，率两侍女赶到玉山，只见树上宫殿已被大火吞没。热浪向她们直冲过来，长臂侍女假意着急得挥起长袖，想降一阵大雨来，浇灭这场天火，但凭她那点儿法力降下的一丝霏霏细雨，还没有浇到大火中，便已化成了水蒸气。

功力深厚的西王母觉得那三青鸟个头虽小，能力也小得可怜，但不畏死亡的精神可嘉。于是她使出法力，用豹尾横扫三圈，微张嘴巴，露出虎牙，对天长长地叫啸一声，又用头上的玉簪凌空三劈，那烫人的天空骤然降下暴雨，顷刻间就把熊熊的大火浇灭了。可是，玉山经过这场火患后，山野一片黑色的焦石，树上宫殿焚烧成灰，连三青鸟的一窝鸟蛋也不能幸免。玉山密林不复存在，玉山不再是适合栖身的地方，西王母只得暂返三危山住下，并派两侍女带领幸存的山民与飞禽走兽远迁到三危山同住，等玉山重新恢复生机后再回来。

西王母本想问罪三青鸟，却见三青鸟奋不顾身扑火救树宫，一雌鸟甚至为此身亡，西山母赞叹之余又心生疑惑，暂且先招来水怪胜遇鸟，作法灭了残火，并让其施法催生新的草木。存活的两只青鸟守着焦土悲鸣不绝，不愿离去。

此刻，长臂侍女为隐瞒自己曾唆使怪精火鸟焚山的真相，便指认三青鸟是作案者，并鼓动西王母拆散存活的一雌一雄二青鸟。西王母到了三危山，安顿好逃难的山民与飞禽走兽等众生灵，之后每日与带回的雌鸟用鸟语对话。西王母询问，雌鸟辩答。西王母语调温柔和缓，鸟儿情深意切。西王母问："我待你们不薄吧？"鸟儿答："慈爱的西王母恩情如山，鸟儿性命虽小，但懂得珍惜。"西王母问："既然如此，火起何故？"鸟儿答："禀告慈爱的西王母，忽降大火，始料不及，请慈爱的西王母明察。"西王母问："与你们有没有关连？要说实话。"鸟儿答："慈爱的西王母，世间不论做人做神做兽做禽，都得讲'忠义'二字。三青鸟绝非作恶之鸟，对恩人忠贞不二，岂能放火毁掉恩人树宫，焚灭玉山生灵？这是大逆不道了。而且我们的一窝鸟蛋也与火俱焚，哪有父母亲手灭子的呢？”鸟儿悲鸣不止，西王母也动了情，眼眶中含着泪水说：“三青鸟灭火焚身的情景我已见到了，我只是想弄清焚山始因，不会让三青鸟受冤屈。”

西王母为弄清火烧玉山的真相与鸟儿做了这一次长谈。之后，忽传留在玉山的那只雄青鸟因终日伏在焦土上悲鸣，不吃不喝，最后也死了。长臂侍女谎报留在玉山的雄鸟撞在石头上，畏罪自尽了。同日，在三危山的这只雌青鸟也悲鸣不止，绝食身亡。此时，长臂侍女的报复心愿得偿：三青鸟绝种绝后了。

长腿侍女暗中观察，发现了长臂侍女的恶行：盗蛋、唆使怪精火鸟焚山。她把实情一一告诉了西王母，西王母终于明白了真相，大怒之下，她将长臂侍女贬入凡间，化作身黑心黑之物，又不许她归为鸟类，便将“鸟”字去了一点，遂为“乌鸦”。西王母又怒责了怪精火鸟，怪精火鸟后悔莫及，听从西王母之命，将灭火焚身的青鸟与绝食身亡的青鸟的灵魂召回。怪精火鸟施召魂火使三青鸟复活，变成了后世的凤凰，“凤凰涅槃”的传说由此而来。

半月之后，玉山恢复生机，山林葱郁茂密，新的树宫再现。西王母率长腿侍女、三凤凰以及原山民和飞禽走兽重返玉山。

自此以后，树宫上空常见三只金色的凤凰展翅飞翔。

故事取材

《山海经·西山经》

原文：又西三百五十里，曰玉山，是西王母所居也。西王母
其状如人，豹尾虎齿而善啸，蓬发戴胜，是司天之厉及五残。

译文：再往西三百五十里是玉山，这里是西王母居住的地方。
西王母长得像人，但有豹的尾巴、虎的牙齿，善于长啸，她头发
蓬乱，戴有玉石装饰物，主管天上凶星之厉和五残。

西王母（明·蒋应镐图本）

传说西王母负责掌管天上凶星之
厉和五残。她虽然长得像人，但却有
着怪异的虎牙和豹尾，且擅长啸叫。
蓬松的头发上戴着玉胜。

《山海经·海内北经》

原文：西王母梯几而戴胜仗，其南有三青鸟，为西王母取食。在昆仑虚北。

译文：西王母靠着几案，戴着玉饰。西王母的南面有三只青鸟，专为西王母取食物。（他们）在昆仑虚的北面。

三青鸟（明·蒋应镐图本）

三青鸟是三只神鸟，它们头上的羽毛是红色的，眼睛漆黑，平时栖息在西方第三列山系中的三危山上，是为西王母取食的神鸟。传说西王母驾临前，总有青鸟先来报信。文学上，青鸟被当作传递信息的使者，后人将它视为传递幸福佳音的使者。